MOOI MEEGENOMEN

MOOI
MEEGENOMEN

Uitgeverij L.J. Veen Amsterdam/Antwerpen

Omslagontwerp Brigitte Slangen
D/2005/0108/724
ISBN 90 204 0226 9
NUR 303

www.boekenwereld.com

Inhoud

Carla Bogaards

Vrouwenogen

Bella had Michaela voorgesteld aan Robin tijdens een receptie. Ze deden alle drie iets in een creatief vak, dat gaf een band, en ze waren alle drie een beetje tipsy geworden.

Robin was rijzig, intelligent en een gentleman, misschien had hij wat autoritaire trekjes, dat irriteerde Bella, toch bleef hij haar beste vriend. Die ene vervelende eigenschap woog minder dan zijn talloze goede eigenschappen. Bella had in tegenstelling tot veel andere vrouwen nooit de behoefte gevoeld iets lichamelijks met hem te beginnen. Robin zei dat ze een keer zijn hals had gestreeld, ze kon het zich niet herinneren. Hij zei dat ze op de stoep voor haar huis campari met ijs hadden zitten drinken, de zon scheen. Ze had warme handen.

Michaela was niet meer echt piep, maar levendig als een jonge meid. Michaela had rossig haar dat ze in een paardenstaart droeg die tot haar middel reikte. Ze had de gewoonte om soms even snel haar paardenstaart los te maken, en dan schudde ze haar hoofd, zodat haar haar als een sluier om haar heen viel, haar sierlijke handen gleden erdoorheen, zodat het ging stromen en golven.

Precies op het moment dat Bella zei: 'Robin, ik wil je graag voorstellen aan mijn beste vriendin,' gooide Michaela haar haar los. Snel maakte ze haar paardenstaart weer vast. Ze had lange gelakte nagels, ze droeg Turkmeense ringen bezet met toermalijn. Robin zag alles in een flits, en haar prachtige voluptueuze lichaam beloofde geborgenheid en sensualiteit.

Bella was jonger dan de andere twee, ze was een beetje *skinny* volgens Boudewijn, de lover van Michaela, hij had zijn hand onder haar sleutelbeen gelegd, maar ik hou er wel van, had hij gezegd. Toen had Michaela hem vragend aangekeken, ik hou er óók van, had hij zichzelf verbeterd.

Bella had donkere ogen met lichtjes erin, ze had volle lippen.

Omdat ze al jaren elke man afwees, werd ze weer een maagd, had ze met van die lichtjes in haar ogen beweerd tegen Robin. 'Ik vrij alleen met een man als ik verliefd ben.' Hij had zijn schouders opgehaald, seks was ook fijn zonder die zogenaamde verliefdheid, het was onzin wat ze zei. Realiseerde ze zich wat ze allemaal miste. Ze had geheimzinnig geantwoord dat de begeerte naar een man uit haarzelf moest komen, zoals de begeerte naar haar eigen lichaam.

Robin zei dat zij iets verliefdheid noemde dat eigenlijk alleen maar lust was, geiligheid, aangekleed met een mooi gevoel. 'Jij noemt iets verliefd, lieve Bella, terwijl het alleen maar een plaatsvervangend gevoel van verliefdheid is.'

Omdat ze geproefd had van echte verliefdheid, wilde ze niets anders meer. Ze was verliefd geweest op Juno. Ze had hem verloren. Als ze Juno beschreef, vertelde ze dat hij prachtige wenkbrauwen had, goudbruine olieachtig glanzende haartjes, een beetje jongensachtig gewelfd, alsof zijn wenkbrauwen weigerden volwassen te worden. Bella had nooit zonder bijbedoelingen naar hem kunnen kijken. Ze stroomde meteen vol genotvolle verlangens. Wat kijk je naar me, vroeg hij een keer, toen had ze hem uitgelegd dat dat kijken nog stamde uit de tijd dat vrouwen vrij en zonder man leefden, dat was de oertijd voordat mannen en vrouwen samen gingen wonen. Toen de vrouwen vrij waren kregen ze baby's van de man die ze zelf uitkozen, ze taxeerden hun kansen. 'Dat heet teeltkeus *honey*,' had ze glimlachend uitgelegd, 'en ik wil absoluut nog een baby van je.' Vrouwen kijken met hun seksualiteit, maar ze praten er ook mee, ze zingen ermee.

Bella was blij dat ze een vrouw was, soms, als ze midden in de nacht even wakker werd en naar de maan en de sterren aan de donkere hemel keek, en naar Juno's gezicht naast haar, als ze zijn hart in zijn hals zag kloppen, voelde ze hoe haar lichaam ging gloeien, ze voelde hoe haar lichaam onder haar half geloken oogleden warm werd, haar bloedvaten vulden zich met bloed. Een vrouw heeft zoveel weefsel in haar onderbuik en haar geslachtsorganen, haar borsten, die kunnen volstromen, het is meer dan bij een man, en de capaciteit neemt toe naarmate ze ouder wordt en zwanger is geweest. Als ze op deze manier tegen hem praatte, zei hij: 'Ik wil met je vrijen, kijk niet zo Bella, jezus ik wil met je vrijen.' Ze glimlachte naar hem en keek naar zijn magere gezicht, de groeven langs zijn mond, zijn tot spleetjes geknepen ogen, bedolven onder zijn wimpers die op de vleugels van een raaf leken, waarmee hij haar verleidde.

Ze kon de herinneringen aan hem niet stoppen, ze herinnerde zich hoe ze haar hoofd op zijn buik legde, en naar zijn prachtige geslacht keek, omringd door van die olieachtig glanzende haartjes, alsof zijn lichaam niet oud wilde worden.

Onder haar ogen rees zijn geslacht op, haar blik vulde zijn bloedvaten, zodat hij zich kreunend op zijn buik rolde. 'Bella,' fluisterde hij, 'niks kan me stoppen, maar opeens... je brengt me in verwarring, Bella, kijk niet zo in het donker.' Ze lachte met het geluid van een koerend duifje, 'vertrouw me honey, als ik wil laat ik hem weer hard worden, als een koraal dat ik zelf heb opgedoken, met mijn ogen, honey.'

Ze speelde wel eens dat ze een berin was, Juno was een jonge beer, ze was verliefd op zijn vacht, ze beet in zijn haartjes, en spoog ze weer uit. Haar borsten streelden zijn heupen, ze snuffelde aan hem, ze proefde zijn huid, zijn scrotum, ze fluisterde, honey. Dan trok hij haar omhoog, draaide haar op haar buik, van haar buik op haar rug, hij was niet teder, opeens had hij haast. Ontroerd hoorde ze hem een schreeuw geven van genot, alsof hij een jongen was. Ze herinnerde zich de geur van zweet, en de geur van een vrouw en een man, de intiemste vochtdruppeltjes. Ze hoorde zijn schorre lachje toen ze met haar vingers over zijn rug gleed.

Als het ochtend werd, na een nacht met de volle maan aan de hemel, en ze beiden door het huis renden om op tijd op hun werk te komen, stopten ze plotseling, ogenschijnlijk zonder aanleiding. Ze keek naar hem. Hij drukte haar tegen de muur, hij knielde een moment. Hij richtte zich op en bedreef de liefde met haar. Een blos overdekte haar wangen toen ze elkaar loslieten.

Michaela en Bella waren hartsvriendinnen, ze omhelsden elkaar bij elke begroeting en bij elk afscheid, Bella zei tegen haar vriendin dat het heerlijk was om haar te omhelzen, Michaela stak haar rode lippen naar voren voor een kuis kusje.

Robin bood aan Michaela en Bella naar huis te brengen, ze woonden in dezelfde stad, en bij elkaar in de buurt, op die manier hoefden ze niet de lange reis terug met de trein te maken.

Het begon langzaam donker te worden toen ze wegreden, Bella zat naast Robin, Michaela had zich geïnstalleerd op de achterbank. 'Ik ben moe', ze geeuwde achter haar hand, ze vertelde dat ze heel lang bij Boudewijn was gebleven de vorige avond, ze had weinig geslapen, terwijl ze hard moest werken. Ze runde een antiquariaat in sieraden. Michaela wikkelde zich in haar zwarte angora stola en sloot haar ogen.

'Zeg Robin,' vroeg Bella zacht, 'wat vind je van mijn vriendin?' Opeens klonk de stem van Michaela, ze moesten echt niet denken dat ze sliep, ze hoorde alles, ze was even weggedoezeld, ze was benieuwd naar zijn antwoord.

Robin zei dat hij haar een bijzondere vrouw vond, hij hield van lange gelakte nagels. Hij wilde naar haar winkel komen, hij zou voor zijn dochter een cadeau kunnen uitzoeken, zijn dochter was zangeres. Het werd stil in de auto, en na een poosje fluisterde Bella dat ze net een paar kleine kinderen waren die een huisje hadden gemaakt onder de tafel. 'We zouden doktertje kunnen gaan spelen,' zei ze, 'jammer genoeg zijn we daar te oud voor.'

'Het lijkt me ook nogal behelpen', Robin grijnsde, 'in plaats van vieze spelletjes spelen, kunnen we elkaar erotische verhalen vertellen. Ik zal beginnen, ik ontmoette laatst een bloedmooie zwarte soapster, we stonden een poos te praten, toen liep ze weg, heel even streek ze met haar vingers langs mijn lippen, haar hand had ze vlak voordat ze afscheid nam op haar borst gelegd, half onder haar decolleté, ze had zichzelf gestreeld. Ik heb naar haar geïnformeerd, niemand kende haar, alsof ze niet bestond.'

'Gelukkig bestaat Boudewijn wel.' Michaela was nu klaarwakker. 'Ik heb nog nooit een man ontmoet die zulke bizarre cadeautjes meeneemt, een moot rauwe tonijn, stukjes hout dat je aan moet steken, dan gaat het geuren, duizend-en-een-nachtmuilen met krullen, je kunt er eigenlijk niet op lopen, ze zijn alleen om te behagen. Hij gaf me ook rood kanten lingerie, hij zei dat het opwindend was als ik in mijn rode lingerie op een kussen ging zitten, als een haremdame, hij kuste mijn voeten voordat hij mij de muilen aantrok, je ruikt naar perziken, zei hij. Toen ontkurkte hij een fles rode wijn, hij nam een slokje, daarna spoot hij de wijn in een straaltje in mijn mond. Ik had nog nooit zulke heerlijke wijn geproefd. Wat zijn je armen zacht, zei hij, zoiets had hij nog nooit gevoeld.' Michaela zei dat ze niet wist of ze van hem hield, ze wist niet of ze verliefd was, ze dacht van wel. 'We liggen uren achter elkaar te zoenen en te strelen, hij masseert me, ons liefdesspel, en hij vraagt me of ik zijn lichaam wil strelen met mijn haar.' Ze leunde naar voren. 'Wil je zien wat hij voor me kocht?' Ze knoopte haar bloes los en toonde de glorie van haar welvende borsten, nauwelijks bedwongen door rood kant. Robin keek in het spiegeltje, hij slikte iets weg, zijn lichaam reageerde heftig. Michaela gooide haar paardenstaart los, haar haar golfde alle kanten uit, je zag alleen nog het gleufje tussen haar blanke borsten. Ze leunde weer achterover, Robin zag hoe de fata morgana verdween, ze sloeg de mohair stola om haar schouders, ze lachte even naar hem toen ze zijn ogen ontmoette in het spiegeltje.

Bella vertelde dat ze op een meisjeskostschool had gezeten, ze had drie vriendinnetjes met wie ze het spelletje deed 'wie is de prins'. De prins klemde een kaars tussen zijn benen, en perste een voor een de meisjes, die hun rokjes omhooghielden, tegen zich aan. Het was een prikkelend spelletje. Ze zei dat ze het later met Juno speelde, hij was de prins, er was geen kaars, verder was alles hetzelfde.

Toen waren ze uitverteld, ze zwegen en mijmerden over de verleidingen van de liefde.

'We zijn er,' zei Robin, er klonk spijt in zijn stem. Ze stapten alle drie uit, als vanzelf omhelsde hij Michaela, hij mompelde dat hij morgen een ring voor zijn dochter kwam kopen. Bella omhelsde Michaela ook, ze gaven elkaar een kuis kusje, ze wees naar boven, het was volle maan.

KAREL GLASTRA VAN LOON

Ilse

Ter hoogte van de oostkust van Groenland diende zich zo'n bijzonder moment aan waarvoor Ilse in de loop der jaren een speciale intuïtie had ontwikkeld – althans, zo dacht zij er zelf over. Zo'n moment waarop twee verschillende gebeurtenissen die ogenschijnlijk niets met elkaar van doen hadden, een mysterieuze verbintenis aangingen, samen een dansje maakten, zoals Ilse het voor zichzelf noemde. Tegenover anderen zou ze zulke woorden nooit gebruiken. Ze hechtte eraan dat men haar zag als een nuchtere vrouw die zich door niemand iets liet wijsmaken en die ondanks haar rol van echtgenote en moeder zeer wel in staat was zich zelfstandig in de wereld te redden. Bij dat beeld paste geen malle beeldspraak over iets dat op zichzelf al tamelijk twijfelachtig van aard was. Want hoe betekenisvol waren die bijzondere momenten die Ilse meende waar te nemen nu werkelijk? Wat was er zo opmerkelijk aan het feit dat ze halverwege een vlucht van Amsterdam naar New York besneeuwde bergtoppen zag uit het raampje rechts van haar en tegelijkertijd ook op het televisiescherm in de stoel vóór haar? De bergen beneden – reusachtig en zwart, en van een angstaanjagende ongenaakbaarheid – lagen in Groenland. Dat had Paul haar ooit verteld, tijdens die allereerste keer dat ze samen de Atlantische Oceaan over vlogen, nog zonder kinderen, nog hevig verliefd. (Nee, ze voelde geen pijn bij deze gedachte, geen hartzeer. Zo ging het in het leven en zo moest het ook gaan. Je kon wel telkens gaan treuren om wat voorbijging en niet meer terugkwam, maar daar schoot je niks mee op. Voor je het wist, had je dan zo veel om verdrietig over te zijn dat zelfs een dubbele regenboog je niet meer kon opvrolijken. Verlies, vond Ilse, moest je gebruiken om sterker van te worden.) De bergen op het scherm bevonden zich waarschijnlijk ergens in het westen van de Verenigde Staten, zo dicht mogelijk in de buurt van Hollywood. Ze vormden het decor voor een actiefilm, waarvan Ilse de titel en het eerste halfuur had gemist, zodat ze er nu naar keek met een mengeling van verveling en verwondering over de schijnbaar volstrekt ongemotiveerde handelingen van de hoofdrolspelers. Maar wat haar was opgevallen, waar zij intuïtief haar aandacht op had gericht en wat haar dat bijzondere gevoel had gegeven dat ze altijd had bij zulke momenten, was dat de schaduw van een wolk over het bebloede gezicht van een van de acteurs was gevallen, juist op het moment dat zij ver beneden zich ook de schaduw van één enkele wolk over een gletsjer zag trekken. En dus zag Ilse voor haar geestesoog een man voorover in de eindeloze Groenlandse verlatenheid liggen, terwijl naast zijn hoofd de sneeuw langzaam verkleurde van wit naar rood. Ze vroeg zich af wie die man zou kunnen zijn, en het antwoord drong zich onmiddellijk aan haar op. Op het projectiescherm van haar verbeelding verscheen, helder en duidelijk, bleek maar onmiskenbaar, het gezicht van haar echtgenoot, de vader van haar twee kinderen, de man van wie zij meer had gehouden dan van enig ander in haar leven.

'O Paul!' zuchtte Ilse, en ze keek naar de twee stoelen aan haar rechterzijde. Wat was ze blij dat de kinderen sliepen.

Ilse was die ochtend wakker geworden met de smaak van dode muizen in haar mond, gevolg van te veel rode wijn. Dat was haar lang niet meer overkomen. Het liefst was ze, nadat ze de wekker tot zwijgen had gebracht, weer diep weggekropen onder het dekbed, en had ze daar, in het donker en de vertrouwde warmte van haar eigen lichaam, de gebeurtenissen van de vorige avond langzaam, heel langzaam tot zich laten doordringen. Misschien dat de dingen dan wel precies op hun plek waren gevallen, zoals dat soms ging als je er voldoende aandacht aan besteedde. Maar ze wist dat ze daar nu de tijd niet voor had – niet op deze ochtend van vertrek. In een laatste vlaag van helderheid had ze de vorige avond voor ze ging slapen zorgvuldig uitgerekend hoeveel tijd ze nodig zou hebben om alles te doen wat nog gedaan moest worden, waarbij ze niet was vergeten om vijf minuten extra uit te trekken voor een laatste inspectie van het huis. Ze kon zich tenslotte geen enkele slordigheid permitteren. Ze moest de dag met militaire discipline te lijf gaan, en daartoe diende ze om te beginnen op tijd uit bed te komen. Toen Ilse die eerste horde eenmaal had genomen, ging het snel beter met haar. Ze nam een korte, strikt functionele douche, trok de kleren aan die ze twee dagen eerder bij het pakken van de koffers al apart had gelegd, ging naar de keuken, verdreef de dodemuizensmaak met een glas jus d'orange en waste de wijnglazen af. Toen ze de glazen terug in de kast had gezet, netjes tussen hun soortgenoten, voelde ze de spanning in haar lijf minder worden. 'In het moment blijven,' zei ze hardop tegen zichzelf. En daarna nogmaals: 'In het moment blijven.' Vervolgens wekte ze de kinderen.

Het aangename van vliegen was dat je letterlijk en figuurlijk loskwam van alles, dacht Ilse. Dat begon al op Schiphol. Zodra je door de douane was en het belastingvrije winkelparadijs betrad, wist je dat je het leven van alledag achter je had gelaten. In de taxfreeshops werden uitsluitend producten verkocht die je nergens voor nodig had. Luxeproducten. Verwenproducten. Producten die Ilse nooit voor zichzelf kocht – behalve, heel soms, in de taxfreeshops op Schiphol. Als de kinderen het haar niet onmogelijk maakten en haar calvinistische geweten niet te zeer opspeelde. En zowel de kinderen als haar geweten waren haar die ochtend gunstig gezind geweest. De eersten had ze gepacificeerd door ze met moorkoppen en limonade naar keuze te parkeren bij een koffiecorner. En haar geweten was nog niet bekomen van de schok van de avond daarvoor. En dus had ze zich durven laten gaan. Wéér durven laten gaan, alsof nu ze eenmaal was begonnen, er geen rem meer op zat, alsof ze een steen was op een berghelling die was losgeraakt en was gaan rollen, sneller en sneller richting– afgrond? Was dat niet het woord dat dan moest volgen? Maar op dat punt aangekomen met haar gedachten had Ilse zichzelf streng toegesproken en had ze haar aandacht gericht op de mensen om haar heen, die net als zij wachtten op het moment dat zou worden omgeroepen dat vlucht UA 907 naar New York gereed was voor *boarding*.

Zoals altijd wanneer ze ging vliegen, stelde ze zich voor dat al deze mensen binnen zeer afzienbare tijd dood zouden zijn. Net als zij. Net als haar kinderen. En de vraag was dan: zou achteraf blijken dat de horoscopen van de inzittenden van vlucht UA 907 opmerkelijk vaak iets hadden gemeld over een rampzalig ongeluk? Natuurlijk niet, dacht Ilse. Horoscopen waren sowieso onzin. Ongevaarlijke onzin, maar onzin desalniettemin. De hele astrologie was een onzinnige studie. Daarin had Paul gewoon gelijk, al wilde hij dat gelijk wel erg nadrukkelijk etaleren. Maar die gedachte schoof ze meteen weer opzij. Ze wilde niet nadenken over Paul. Niet nu. Niet na gisteravond. Ze wilde eigenlijk het liefst helemaal niet nadenken. Ze schoof aan in de rij om aan boord te gaan en riep de kinderen bij zich. Toen ze zich eenmaal goed hadden geïnstalleerd, de gezagvoerder en de stewardessen de gebruikelijke mededelingen hadden gedaan, en het vliegtuig naar de startbaan was getaxied, toen was ook het laatste beetje spanning uit haar weggevloeid. Het was gebeurd, maar het was niet erg dat het was gebeurd. Sterker nog: het was goed! Hoe had ze het ook al weer verwoord tegenover Heleen? 'We zijn een degelijke gezinsauto die jarenlang zonder problemen heeft gereden. Maar nu vertoont hij plotseling allerlei kleine gebreken.' Waarop Heleen had gezegd, op die directe manier die haar eigen was: 'Misschien is het tijd voor een grote beurt.'

Wanneer Ilse waarnam dat gebeurtenissen in de wereld op mysterieuze wijze met elkaar samenhingen, gaf dat haar altijd het gevoel dat haar een groter inzicht werd geopenbaard. Dat ze het vermogen bezat om de dingen te doorzien, al was het maar voor heel even. Ze probeerde dan ook om die momenten te gebruiken om iets te weten te komen over zichzelf of over iets wat haar bezighield. Toen Ilse de schaduw van de wolk tegelijkertijd over het televisiescherm en over de Groenlandse gletsjer zag schuiven, kon het niet anders of haar gedachten gingen terug naar wat er de avond daarvoor was gebeurd. Vingertoppen die haar billen streelden. Haar tong in zijn oor. Ze had hem in zijn nek gebeten, als een vampier! Ilse vroeg zich af of Heleen gelijk had. Was wat er was voorgevallen niet meer dan het volstrekt normale en te rechtvaardigen gedrag van een vrouw met een huwelijk dat slijtage vertoonde: twee kinderen die nooit genoeg aandacht leken te krijgen, een man die ze veertien jaar kende en met wie ze al zeven jaar samen was...? Ilse zuchtte ervan. Ilse en Paul – het was zo vanzelfsprekend geworden dat die twee namen bij elkaar hoorden. Zoals het ook vanzelfsprekend was dat ze op hem kon bouwen. Paul, die een paar dagen eerder was afgereisd, zodat hij in New York vast een leuk hotelletje kon zoeken voor de eerste nachten. (Ze had zich geërgerd aan dat woord: 'hotelletje'. Waarom zei hij niet gewoon 'hotel'? Maar ze had haar mond gehouden.) Paul, die haar al op de tweede dag had gebeld dat hij een tweedehands *van* had weten te kopen, wat als zij het goed begreep, een soort minibusje was, met luxestoelen en airconditioning en allerlei andere overbodige extra's. En natuurlijk had Paul alle papieren geregeld, een verzekering afgesloten, een wegenatlas gekocht en een route uitgestippeld. Langs de oostkust, naar het zuiden, helemaal tot de Keys in Florida. De kinderen zouden echte krokodillen zien.

Goede, zorgzame, betrouwbare Paul. Háár Paul, op wie ze altijd kon rekenen.

Maar wat deed hij dan daar beneden in de sneeuw met een pikhouweel in zijn schedel?

Ze legde een hand op haar dijbeen en voelde weer de warme gloed van gisteravond. Hoe lang was het geleden dat ze dát voor het laatst had meegemaakt? Het was verschrikkelijk cliché, dat wist ze zelf ook wel. Zoals de hele avond een groot cliché was geweest. Maar maakte dat het minder waard, of zelfs minderwaardig? En wie wist wat Paul in New York had– Ze draaide zich met een ruk om naar Tessa, die het dichtst naast haar zat, en stootte haar aan. 'Kijk eens, Tessa! Kijk eens wat een mooie bergen!' Maar Tessa was diep in slaap, haar hoofdje vredig rustend op de schouder van haar jongere broer. Wat een onschuld, dacht Ilse – en voor een moment bracht dat woord haar ernstig in verwarring: onschuld, onschuld.

Ik moet gewoon mijn mond houden, zei Ilse tegen zichzelf. Tegenover Paul, tegenover Heleen, tegenover iedereen. Niemand hoeft te weten wat er is gebeurd. Die dingen gebeuren nu eenmaal. En je zult zien, uiteindelijk zal blijken dat het goed is geweest: verwarrend, maar goed. Voor mij, voor Paul, voor ons huwelijk. Had ze Márquez, haar favoriete schrijver, niet ooit horen zeggen dat hij drie levens leidde: een publiek leven, een privéleven en een geheim leven? Destijds had ze die uitspraak geen moment op zichzelf betrokken, maar nu... waarom zou wat voor Márquez gold, niet ook voor haar gelden? Ze lachte om zichzelf, om de brutaliteit van die gedachte. De film op het schermpje vóór haar had zich van de besneeuwde bergen naar een stedelijke omgeving verplaatst, waar neonlichten knipperden in het avonddonker. Door het raampje zag ze hoe Groenland langzaam aan het zicht werd onttrokken door een steeds dichter wordend wolkendek.

Zie je wel, dacht Ilse, alles hangt met alles samen. Alles.

'Next!'

Het klonk als een bevel, en zo was het ongetwijfeld ook bedoeld. In deze omgeving was geen plaats voor wellevendheid, hier diende men te gehoorzamen. Ilse pakte de koffers en duwde de kinderen voor zich uit. Achter het loket dat zojuist was vrijgekomen zat een man met een Mexicaans voorkomen. Hangwangen, hangsnor, kalend voorhoofd. 'Good afternoon, sir,' zei Ilse met haar vriendelijkste glimlach, terwijl ze de beambte haar paspoort overhandigde. De man wierp een snelle, achterdochtige blik op haar en de kinderen. Toen keek hij in het paspoort, bladerde wat heen en weer, keek nogmaals naar Ilse en begon een nummer in te tikken op zijn computer. Enige tijd lang gebeurde er niets. Ten slotte keek de douanebeambte Ilse opnieuw aan. Langer dit keer, maar beslist niet vriendelijker.

'Step aside, please.'

Ilse voelde een steek in haar buik. Was het angst? Schuldgevoel? (Maar waarover dan?) Ergernis? De man zei wel 'alstublieft', maar opnieuw was het zonneklaar dat er van haar maar één reactie werd verwacht: onmiddellijke gehoorzaamheid. Ilse deed een paar stappen opzij. De kinderen volgden gedwee, kennelijk geïntimideerd. Ze wachtten. Ze wachtten nog wat langer. De ene na de andere reiziger werd naar voren geroepen en doorgelaten. Kleine Paultje begon onrustig te worden. Tessa probeerde hem af te leiden door een Sultana met hem te delen. Lieve grote zus. Het hielp – even. En net toen Ilse zich weer aan het loket wilde melden om te vragen wat er aan de hand was, kwam een andere, vrouwelijke douanebeambte met driftige stappen op haar aflopen. Ilse zette zich schrap, maar de vrouw bleek onverwacht vriendelijk.

'Er schijnt een probleem te zijn met uw paspoort,' legde ze uit. 'De computer wil u niet doorlaten.' De computer! dacht Ilse. Het is niet meneer hangsnor die onwillig is, maar zijn computer! Ze wist niet of dat haar situatie er beter op maakte of juist niet. 'Zijn dat uw kinderen?' onderbrak de vrouwelijke beambte haar gedachten. Ilse knikte.

'They're beautiful.' Het kon dus wel, bij de Amerikaanse douane werken en vriendelijk zijn. De vrouw ging ze voor naar een wachtruimte. Er zaten niet veel mensen, misschien acht of tien, stelde Ilse in een oogopslag vast. 'U kunt hier wachten,' zei de vriendelijke beambte. 'Iemand komt u zo helpen. De toiletten zijn daar.'

'You're so kind,' zei Ilse.

De beambte glimlachte. Het geluk is vloeibaar als– dacht Ilse, maar er wilde haar geen originele beeldspraak te binnen schieten. Toen ze nog eens goed om zich heen keek, verbaasde dat haar niet. De gezichten van de wachtenden deden stuk voor stuk vermoeden dat ze hier al veel langer zaten dan hun lief was. Ilse zocht een plek voor zichzelf en de kinderen op een van de lange houten banken en probeerde een manier te vinden om de groeiende onrust in haar lijf te beteugelen. De gedachte dat ze zich hooguit op enkele minuten lopen van Paul bevond, maakte haar nerveus genoeg, daar hoefde niet nog eens een langdurig oponthoud bij de douane overheen te komen. God weet welke gedachten er allemaal in haar zouden kunnen opkomen... Ze richtte haar aandacht op de enige andere vrouwelijke wachtenden: twee Engelsen, van wie Ilse meteen vermoedde dat ze een lesbisch stel vormden, al was daar geen enkele objectieve aanwijzing voor. Beiden waren gekleed in de non-descripte outfit van de doorsnee luchtreiziger: gemakkelijk zittende broeken en truien die niet noodzakelijkerwijs goed bij elkaar pasten, en schoenen die waren ontworpen voor aanzienlijk sportievere activiteiten dan rondhangen in een passagiersterminal. Ook verder vielen de twee vrouwen hier niet op, anders dan door hun vrouw-zijn. Ze hingen scheef onderuitgezakt tegen hun bagage en praatten zo nu en dan met elkaar op gedempte toon. Uit het weinige dat Ilse van hun conversatie kon verstaan, kon ze maar één ding concluderen: ook zij hadden geen idee waarom ze hier werden vastgehouden en hoe lang het nog zou duren.

Tien minuten gingen voorbij zonder dat er iets opmerkelijks gebeurde. Een beveiligingsbeambte, gewapend met walkie-talkie en twee pistolen, kwam de wachtruimte binnen, liep een rondje, maakte een slapende man met Arabisch uiterlijk wakker en sommeerde ten slotte een van de twee Engelsen om met hem mee te komen, de ander ontredderd achterlatend. Ik moet Paul bellen, dacht Ilse, zonder enig enthousiasme. 'Ik wil naar pappa,' zei Paultje, alsof hij haar gedachten had geraden. 'Ik moet naar de wc,' zei Tessa. Ilse pakte haar mobiele telefoon. Onmiddellijk klonk er een gebiedende stem: 'You can't use your cell phone here, ma'am!' En nog voor Ilse kon zien wie haar had terechtgewezen, vroeg Tessa al weer haar aandacht: 'Als ik nu niet mag plassen, doe ik het in mijn broek!'

'Put that phone away, ma'am!'

De bewakingsbeambte kwam terug met de Engelse. Ze zag er onthutst uit. 'What's wrong?!' riep haar vriendin al van verre. 'Er is iets mis met mijn visum en nu sturen ze me terug!'

'Ze sturen je terug?! En ik dan? En onze vakantie dan? Ik bedoel–'

Het was duidelijk dat haar vriendin maar al te goed begreep wat ze bedoelde. 'Mamma!' riep Tessa. 'Ik wil naar pappa,' zeurde Paultje. In het moment blijven, mompelde Ilse tegen zichzelf, in het moment blijven. Maar ze wist niet of dat onder de gegeven omstandigheden wel de juiste formule was. De harde houten bank begon zeer te doen aan haar billen. De smaak van dode muizen keerde terug in haar mond.

'Niet op de grond liggen, Paultje, dat is vies!'

'Mamma, ik moet plassen!'

Ze ging met Tessa naar de wc, maar de deur van het damestoilet was op slot, en het herentoilet was zo smerig dat Ilse vol walging de deur weer dichttrok. Ze keerden onverrichter zake terug naar de wachtruimte en namen weer plaats op een van de houten banken. Het is drukker geworden, dacht Ilse – of leek dat maar zo?

De tijd verstreek.

De bewaker met de pistolen en de walkie-talkie verdween door een zijdeur waarop in witte plakletters NO ENTRANCE stond. De Arabier sukkelde weer in slaap. De Engelse die zou worden teruggestuurd begon zachtjes te huilen, terwijl haar vriendin probeerde de bagage zodanig te herpakken dat ze allebei een eigen tas mee konden nemen op het vervolg van hun reis. Ilse dacht aan Paul, die ergens anders in de aankomstterminal op haar stond te wachten. En ze dacht aan Bart. Ze dacht verschrikkelijk hevig aan Bart. Tot het allerlaatste moment had ze gedacht dat ze het niet zou doen. Niet met hém, niet in haar eigen woonkamer, op haar eigen bank. Maar ze was zelf begonnen om haar blouse los te maken. Ze had zelf zijn handen gepakt en ze naar haar slip geleid, en verder– Ze zuchtte en viste de laatste twee lolly's uit haar handbagage. (Hij had gegromd, echt gegromd! Als een dier!) Daarna informeerde ze bij een willekeurig loket hoe lang het nog ging duren. 'Mijn man staat buiten op me te wachten, en ik heb twee kleine kinderen. Ik begrijp niet wat het probleem is.' (Ik ga het niet doen, had ze gedacht, terwijl ze zijn riem losmaakte, de rits omlaag trok. Ik ga het niet doen!) 'Ik heb hier nooit eerder problemen gehad. En mijn paspoort–' Ze praatte maar. De man achter het loket, een licht gekleurde neger dit keer, met twee grote, donkere wratten naast zijn neus, gaf geen enkele reactie. (Ik doe het niet! Maar haar hand deed het wél. Haar hele lichaam deed het wél.)

'Mamma, wat zijn dat, die dingen op die man z'n gezicht?' vroeg Paultje.

'Ik moet plassen!'

'Meneer, alstublieft,' smeekte Ilse.

'Er zijn nog andere wachtenden, mevrouw. Gaat u gewoon zitten, net als iedereen.' Net als iedereen, dacht Ilse. Natuurlijk. Net als iedereen. Misschien stuurden ze vandaag wel iedereen terug naar huis, net als die Engelse. En misschien was dat maar beter ook. Je kon niet weten wat er achter de schermen allemaal gebeurde, welke informatie er heen en weer flitste tussen computers hier in New York en ergens ver weg in Washington of in een atoomvrije bunker in de woestijn van Nevada. Je wist nooit wanneer het moment zou komen waarop ineens alles anders werd.

Een elfseptembermoment, dacht Ilse. Een Bartmoment!

'Mamma,' zeurde Paultje. 'Mam-ma!'

Toen plaste Tessa in haar broek.

Een uur en zevenenveertig minuten nadat ze van boord was gekomen liep Ilse met een drievoudig gestempeld paspoort, haar twee kinderen en haar bagage langs het laatste loket van de douane. Niemand had haar willen uitleggen waarom ze zo lang had moeten wachten. Ilses gedachten waren vervuld van geüniformeerde mannen met pikhouwelen in hun schedel, en een lichtgekleurde neger die langzaam werd overwoekerd door weerzinwekkende gezwellen. Een Arabier gooide een handgranaat in een loket. Een vreemd lichaam drukte zich op het hare. Haar lichaam opende zich.

Paul was er.

Natuurlijk was Paul er. Geurend naar buitenlucht en aftershave. 'Ilse! Jongens! Daar zijn jullie!'

Haar nagels klauwden zich vast in blote schouders. 'Wat fijn!' Ze hoefde niemand iets te vertellen. En zeker Paul niet. 'Wat is er gebeurd?' Alle sporen waren uitgewist. Zelfs de wijnglazen had ze opgeruimd.

Ilse zei: 'Ik ben met Bart naar bed geweest!'

Geert van der Kolk

Goodbye, Sheryl

Na de herdenkingsdienst stond iedereen op de hoek van Broadway en Eighty-second Street te wachten tot de auto's uit de garage kwamen. Ed, Stevies broer, was met de organisatie belast. De drie zwarte volgauto's waren voor de naaste familie; de rest ging à l'improviste. Ed kwam naar Sheryl toe en kuste haar op haar wang.

'Ik ben blij dat je gekomen bent,' zei hij. 'Dank je. Ga je mee naar de begraafplaats?'

'Ja,' zei Sheryl. 'Als het kan.'

'Heb je al een plaatsje in een auto?'

'Nee. Ik ken eigenlijk niemand, behalve jou en je moeder.'

Ed pakte haar bij de elleboog en bracht haar naar een lange, grijsblonde vrouw.

'Melissa? Dit is Sheryl,' zei hij. 'Hebben jullie nog een plaatsje in de auto?'

'Natuurlijk,' zei Melissa.

'Prima,' zei Ed. 'Weet je waar je naar toe moet als je ons in Queens kwijtraakt?'

'Peter heeft de routebeschrijving.'

'Prima,' zei Ed en hij liep weg.

'Hallo,' zei Sheryl. 'Stevie en ik zaten samen op NYU.'

'Ik ben maar aangetrouwde familie van de tweede graad,' zei Melissa. 'Heb je Stevie nog gezien of gesproken sinds hij ziek was?'

'Nee. We hadden al jaren geen contact meer. Het verbaasde me dat iemand mijn adres nog had.'

'Woon je niet in New York?'

'Nee, in Michigan. In Ann Arbor.'

De auto's kwamen uit de garage onder Eighty-second Street en stopten in een rij langs de stoeprand. Melissa nam Sheryl mee naar een grijze Buick. Er zat een man achter het stuur en naast hem een meisje van een jaar of achttien.

'Dit is Sheryl,' zei Melissa. 'Ze rijdt met ons mee.'

'Gezellig,' zei de man.

'Dit is mijn echtgenoot Peter,' zei Melissa. 'Een neef van Stevie.'

'Een van de velen,' zei Peter.

'Sheryl was een vriendin van Stevie op de universiteit.'

'Ook een van de velen?'

'Dad!' zei het meisje.

'En dit is onze dochter Emily.'

De begrafenisstoet reed langzaam de tunnel onder Central Park in.

'Het was een mooie dienst,' zei Sheryl, omdat niemand anders iets zei.

'Vond je?' zei Peter.

'De rabbijn heeft mooi gesproken.'

'Het is geen echte rabbijn. Hij is nog in opleiding.'

'Dat geeft niet,' zei Melissa. 'En hij heeft mooi gesproken. Dat is een feit.'

'Bullshit,' zei Peter. 'Stevie was zevenenveertig, kerngezond, en hij zorgde goed voor zichzelf.'

Peter draaide zich om en keek Sheryl even aan.

'Wist je dat hij vorig jaar aan de marathon heeft meegedaan?'

'Nee.'

'En een verdomd goede tijd gemaakt ook. Hij zorgde goed voor zichzelf en voor zijn kinderen en was zelfs aardig tegen zijn vrouw, hoewel het een ramp van een mens is.'

'Dad!'

'Ken je zijn vrouw?'

'Nee,' zei Sheryl. 'We hebben nooit contact gehad.'

'*Anyway*,' zei Peter. 'Als zo iemand als Stevie ineens een hersentumor krijgt en de pijp uit gaat, zomaar, zonder aanleiding, dan moet die assistent-rabbijn, die vicerabbijn, die namaakrabbijn niet een mooie toespraak houden, maar protesteren.'

'Waartegen?' zei Emily, het meisje op de voorbank. 'Tegen wie?'

'Tegen God, natuurlijk. God heeft een klotestreek uitgehaald.'

'Jij gelooft niet eens in God.'

'Maar die ersatzrabbijn wel. Dat mogen we tenminste hopen.'

Aan de East Side zat het verkeer naar de brug vast.

'Waren jij en Stevie erg close?' vroeg Sheryl.

'Helemaal niet,' zei Peter. 'Ik zag hem bijna nooit.'

'Peter is het zwarte schaap van de familie,' zei Melissa.

'Vroeger, toen we klein waren, gingen we altijd naar oma Weiss voor *Passover*. Iedereen ging naar oma Weiss. Ze woonde op Long Island.'

In het gedrang op de opritten van de Tri-Borough Bridge raakten ze de rest van de begrafenisstoet kwijt.

'Hier is het kaartje met de routebeschrijving,' zei Peter tegen Emily. 'Jij navigeert.'

Hij deed zijn richtingaanwijzer aan en drong voor naar de linkerrijstrook.

'Jullie waren zeker wel close,' zei Melissa tegen Sheryl. 'Anders was je niet helemaal uit Michigan gekomen.'

'Kom je uit Michigan?' zei Peter.

'Geboren en getogen,' zei Sheryl. 'Toen ik hier kwam studeren was ik nog nooit eerder aan de oostkust geweest.'

'Waar studeerde je?'

'NYU, net als Stevie.'

'Emily zit op Vassar.'

'Hoeveelstejaars?' vroeg Sheryl aan het meisje.

'Eerste jaar nog maar,' zei ze.

'Ik vond het geweldig, mijn eerste jaar in New York,' zei Sheryl. 'Ik had het gevoel alsof ik eindelijk aan mijn leven begonnen was. En dat blijf ik altijd met Stevie associëren.'

'O, dus jullie waren een item?' zei Peter.

'Dad!'

'Nou en of,' zei Sheryl. 'We waren heel serieus met z'n tweeën. We woonden samen in een studentenflat in Washington Square Village en later aan East 7th Street.'

'Waarom herinner ik mij daar niets van?' zei Peter.

'Jij was toen al lang afgestudeerd,' zei Melissa.

'Ja, je bent al heel oud,' zei Emily.

'Ed weet het nog wel,' zei Sheryl.

'Stevies broer?'

'Ja, hij kwam vaak logeren. En ik ben ook een paar keer in Westchester geweest.'

'Het ouderlijk huis,' zei Peter. 'Oom Josh en tante Becky. Mijn god, wat was het daar altijd benauwd. Je kon er niet ademen van de zelfgenoegzaamheid.'

'Becky mocht mij wel,' zei Sheryl. 'Dat geloof ik tenminste. Ik was natuurlijk ook een heel net joods meisje uit Michigan. Ik heb na de dienst even met haar gepraat, maar het leek net alsof ze me niet herkende.'

'Ze is dement,' zei Melissa.

Het was druk op de Grand Central Parkway. In alle rijstroken reden de auto's bumper aan bumper en erg langzaam, maar er waren geen ongelukken en opstoppingen.

Peter keek over zijn schouder naar Sheryl.

'Ben je nog steeds een net joods meisje?'

'Dad!' zei Emily. 'Ik rij nooit meer met jou mee.'

Sheryl lachte.

'Is hij altijd zo?'

'Ja,' zei Emily. 'En je went er niet aan.'

'Hoe is het met jou en Stevie verder gegaan?' vroeg Melissa.

'Het is niet verder gegaan. Na NYU ging ik naar Princeton voor mijn *PhD*. Stevie bleef in New York. We dachten dat het geen probleem zou zijn. Het is maar een uur met de trein. We reden een jaar lang heen en weer naar elkaar toe. Het was geen probleem tot ik voor mijn dissertatieonderzoek naar Italië ging.'

'Italië? Wat deed je dan?'

'Kunstgeschiedenis, net als Stevie. Ik doe het nog steeds.'

'Ben je ook professor?'

'Ja.'

'In Ann Arbor?'

'Ja. Voor mijn eerste onderzoek ging ik naar Rome, naar het archief van het Vaticaan. Het ging over de renaissancepausen en hun financiële steun aan schilders en beeldhouwers, vooral Michelangelo en Titiaan, natuurlijk.'

'Natuurlijk,' zei Peter spottend. 'Een mooi onderwerp. Tijdloos en toch actueel.'

'O, shit,' zei Emily.

'Wat doe jij, Peter?' zei Sheryl. 'Iets heel anders, zeker.'

'Peter is een supersuccesvolle *executive* in de reclamebranche,' zei Emily. 'Maar eigenlijk wil hij een roman schrijven. Hij is ontzettend gefrustreerd.'

'Ja?'

'Je hoort het,' zei Peter. 'Mijn dochter liegt nooit. Dat kan ze niet eens. Hoe ver is het nog tot onze afslag? Dit is nummer zeven.'

Emily pakte de wegenkaart van Queens, vouwde hem open en legde de routebeschrijving ernaast op haar schoot.

'Ik dacht altijd dat Stevie moderne kunst deed,' zei Melissa. 'En fotografie.'

'Klopt,' zei Sheryl. 'Ik deed de renaissance. Daarom ging ik naar Rome en hij niet. In het begin had ik wel heimwee, maar eigenlijk vond ik het geweldig, vooral 's avonds als ik klaar was op het archief. En ik besefte al heel gauw dat er niemand op mij lette, dat niemand controleerde of ik wel of niet naar het archief ging. Dus soms liep ik gewoon de hele dag in de stad rond en dan was ik de hele dag een beetje high, niet van alle mooie ruïnes en monumenten, maar van de drukte en de herrie op straat en van de stank en het gedoe.'

'Cool,' zei Emily. 'Waar woonde je? Ik wil volgend jaar ook een semester naar het buitenland.'

'Ik had een piepklein kamertje in het Casa Internazionale, een krot van een gebouw dat was gereserveerd voor uitwisselingsstudenten.'

'Een krot?'

'Nou ja, het was in Rome, dus het was wel een zeventiende-eeuws krot.'

'Een echt krot,' zei Peter.

'Wat romantisch,' zei Melissa.

Ze draaiden de Van Wyck Expressway op.

'Hou je hoofd erbij,' zei Emily tegen Peter. 'We blijven hier maar even. Derde afslag en het is een afslag aan de linkerkant.'

'Weet je het zeker?'

'*Move!*' zei Emily. 'Je hebt maar anderhalve mijl en je moet vier rijstroken over.'

'Shit. Had Stevie geen begraafplaats in Manhattan kunnen uitzoeken?'

'Er zijn geen begraafplaatsen in Manhattan.'

'Sorry,' zei Sheryl. 'Ik zit hier maar als een kip zonder kop over Italië te praten, maar dit gaat eigenlijk over Stevie, en ook over hoe jullie je voelen.'

'Dat geeft niet,' zei Melissa. 'Wij zijn maar verre familie.'

'Wij huilen tranen met tuiten, zoals je ziet,' zei Peter.

'We hadden maar weinig contact met Stevie,' zei Melissa.

'Hij praatte altijd alleen maar over de gewichtige commissies en besturen waar hij in zat,' zei Peter. 'En nog vaker en uitvoeriger over de gewichtige commissies en besturen waar hij eigenlijk in behoorde te zitten, en vervolgens natuurlijk over de achterbakse intriges in het universiteitsbestuur die er de oorzaak van waren dat hij geheel ten onrechte geen plaatsje had gekregen in alreeds genoemde gewichtige commissies en besturen.'

'Hij was niet de gezelligste man ter wereld.'

'Dat is het understatement van de dag.'

'Vind jij dat ook?' vroeg Sheryl aan Emily.

'Ja,' zei Emily. 'Eigenlijk wel.'

'Ik heb een heel andere herinnering,' zei Sheryl. 'Maar ja, ik heb hem sinds onze studentenjaren niet meer gezien.'

'Misschien is dat maar goed ook,' zei Peter. 'Misschien is het wel zo dat je als je een goede herinnering aan iemand wilt overhouden, ervoor moet zorgen dat je hem of haar na je vijfentwintigste nooit meer tegenkomt.'

'Echt een praktische suggestie,' zei Melissa.

'Je moet natuurlijk ruimte laten voor een paar uitzonderingen,' zei Peter.

'Voor je eerste en je tweede vrouw bijvoorbeeld.'

'Precies. Je moet altijd praktisch blijven.'

Ze reden op de Queens Expressway en bij Oakland Gardens gingen ze van de grote weg af. Er stonden lage, vrijstaande huizen aan weerszijden van de boulevard en bij een stoplicht zagen ze de zwarte volgauto's.

'We zijn er bijna,' zei Emily.

'Peter heeft wel een beetje gelijk,' zei Melissa tegen Sheryl. 'Jij hebt vermoedelijk van ons allemaal de beste herinnering aan Stevie.'

'Vergeet Becky niet!'

'Oké, behalve zijn moeder, maar moeders tellen niet mee. Hoe is het met jou en Stevie afgelopen?'

'Het is een heel verhaal,' zei Sheryl.

'Nou wordt het spannend,' zei Peter. 'Er was een ander, wedden?'

'Het Casa Internazionale in Rome was voor buitenlandse studenten,' zei Sheryl, 'maar er woonden ook een paar Italianen, voor de authentieke sfeer. Cesare kwam uit Livorno en hij studeerde rechten. Hij was eigenlijk doodsaai, maar ik vond hem geweldig. Ik was net tweeëntwintig, dat moet je niet vergeten. Hij was slank en donker en altijd modieus en somber gekleed. Hij zei weinig en lachte nooit. Een stille, sterke man, dacht ik. In al die maanden heeft hij maar een keer één grapje gemaakt.'

Sheryl keek uit het raam van de auto.

'Nou, laat eens horen,' zei Peter.

'Het was maar een middelmatig grapje,' zei Sheryl. 'En het is een beetje schunnig.'

'Daar kunnen wij goed tegen.'

'Het lijkt me toch beter van niet. Het is niet erg apropos.'

'Vertellen!' zei Peter. 'Anders zetten we je uit de auto en dan kan je verder lopen.'

'Het is echt niet geschikt voor vandaag.'

'Vertellen!' riepen Melissa en Emily.

'Nou ja, vooruit,' zei Sheryl. 'Maar ik heb jullie gewaarschuwd. Die slome Cesare zei dus nooit wat, maar toen we de eerste keer samen alleen waren en ik na de gebruikelijke plichtplegingen zijn zwaard te voorschijn haalde–'

'Zijn zwaard?'

'Nou ja, bij wijze van spreken.'

'O, je bedoelt–'

'Dad! Hou je mond.'

'Toen zei Cesare: Ziedaar! De scheve toren van Pisa.'

Het was even stil in de auto. Toen barstten Peter, Melissa en Emily in schaterlachen uit. Melissa zat te schudden op de achterbank en Peter lag voorover op het stuur. Emily proestte op de wegenkaart van Queens en riep: 'I can't believe it!'

Toen keek ze uit het zijraampje.

'We zijn er,' zei ze. 'Shit. Dit is een begrafenis en wij zitten te gieren van het lachen. Dat kan helemaal niet.'

Het was een oude begraafplaats met een roestig hek en grote bomen. Veel grafstenen waren groen uitgeslagen en sommige waren scheefgezakt en helden voor- of achterover. Op een kale nieuwe dodenakker stonden ongeveer veertig mensen om het open graf van Stephen B. White, hoogleraar kunstgeschiedenis aan New York University.

'Nu moeten wij echt afscheid nemen,' zei Stevies broer Ed tot de aanwezigen. 'Stevie moet hier blijven. Er is niets meer aan te doen. Hij heeft tegen de dood gevochten omdat hij ons niet in de steek wilde laten en vooral omdat hij zelf niet weg wilde. Hij hield van het leven en was mateloos in onze wereld geïnteresseerd. Hij wist dat een mens in de mensenwereld thuishoort, en nergens anders. Hij wist dat de dood niet de logische afsluiting, maar het tegendeel van leven is. Zijn verzet heeft uiteindelijk niet gebaat, maar hij heeft zich tenminste niet als een mak schaap laten wegvoeren. Nu moeten wij zonder hem verder. We kunnen dat wel, maar we hebben een nieuwe weemoed opgelopen die we niet meer zullen kwijtraken.'

Ed boog voorover en pakte een handvol zand van de vers geschepte berg naast het graf.

'*Goodbye*, Stevie,' zei hij en gooide het zand op de kist onder in het graf. 'Hier scheiden onze wegen zich.'

Sheryl, Melissa, Peter en Emily stonden achteraan en wachtten tot het hun beurt was om langs het graf te lopen.

'Je moet me niet aankijken,' fluisterde Peter tegen Sheryl.

'Waarom niet?' zei Sheryl verbaasd.

'Ik probeer me netjes te gedragen, maar ik moet telkens aan die scheve toren denken.'

'Hou op,' fluisterde Melissa. 'Anders krijg ik de slappe lach.'

De zon ging onder toen ze terugreden naar Manhattan en de lucht in het westen was helder oranje. Vanaf de viaducten van de Expressway konden ze de wolkenkrabbers in de verte zien staan.

'Wat diep was dat graf, hè?' zei Emily.

'Ja, dat verbaasde mij ook,' zei Sheryl.

'Heb jij er zand in gegooid?'

'Ja.'

'Ik niet,' zei Emily. 'Ik wilde wel, maar het maakte zo'n herrie en het klonk zo hol als het op de kist viel.'

Het was een tijdlang stil. Peter deed de koplampen aan.

'Ga je nog mee terug naar het huis voor de ontvangst?' vroeg hij aan Sheryl. 'Of zullen we je ergens anders afzetten? Wij moeten uiteindelijk terug naar de West Side.'

'Ik weet het niet,' zei Sheryl.

Toen begon ze te huilen.

'Het spijt me,' zei ze.

'Hoeft niet,' zei Melissa.

'Nee, dat weet ik. Het spijt me ook niet zo heel erg. Dit is per slot van rekening een begrafenis. Maar ik had beter niet kunnen komen. Het is zo'n onzin, vijfentwintig jaar later. Ik ken hier niemand meer, behalve Stevie en Stevie is dood.'

'Vijfentwintig jaar geleden hield je van hem,' zei Melissa. 'En op een of andere manier telt dat nog steeds.'

'Dat vind ik ook,' zei Emily.

'Nee, dat telt niet meer. En trouwens, Stevie hield meer van mij dan ik van hem. Toen ik in Rome was schreef ik hem bijna elke dag. Ik durfde niets over Cesare te zeggen; ik schreef eindeloze en ademloze epistels over de *rush* van het leven en over het feit dat wij misschien wel, zoals de marxisten en de freudianen beweren, door ons verleden bepaald worden, maar niettemin naar de toekomst toe leven, ernaar grijpen bijna, zo hartstochtelijk dat we niet eens meer een onderscheid maken tussen ons heden, ons dagelijks leven, en onze plannen. Kletskoek in die trant, maar ik dacht dat Stevie het wel zou begrijpen. Hij schreef per slot van rekening zijn dissertatie over de futuristen. En Stevie begreep het heel goed. Toen ik terugkwam in Princeton was ik allang over Cesare heen. Ik vond het een grap, vooral met die scheve toren, maar Stevie lachte niet. We hadden een paar moeilijke gesprekken, lange gesprekken die je het liefst zou vergeten, zoals Cesare en zijn toren, maar wat je had gezegd en eigenlijk had moeten zeggen bleef in je hoofd rondspoken, in mijn hoofd, bedoel ik, omdat Stevie echt van mij hield.'

'Wow!' zei Emily.

'Dus hij heeft het uitgemaakt,' zei Melissa.

'Ja. Ik hoorde maandenlang niets van hem. Ik ging regelmatig naar New York, voor tentoonstellingen en zo, en ik dacht dat ik hem wel ergens tegen zou komen, maar dat gebeurde nooit. New York is een grote stad. Ik vond het wel jammer, maar ik lag er eerlijk gezegd niet wakker van. Toen huilde ik niet. Als je zo jong bent ben je echt een futurist. Je denkt dat alle fouten die je maakt en alle stommiteiten die je uithaalt, snel zullen verbleken naast de glorie die je te wachten staat. Je denkt dat het geluk elk moment kan losbarsten.'

'Wow!' zei Emily. 'Dus je zit er nog steeds mee?'

'Ja en nee. Eigenlijk niet. Het is zo lang geleden en ik heb daarna gewoon een vaste baan gevonden en ik ben teruggegaan naar Michigan en getrouwd en gescheiden. Een normaal leven.'

'Het is de melancholie,' zei Peter. 'Daar zit het hem in.'

'Ja, dat zal wel.'

'De oogst is voorbij, de zomer ten einde, en wij zijn niet verlost.'

'Kan je nou nooit eens serieus zijn?' zei Emily.

Ze reden langs Queens College en de Botanical Gardens.

'Als we gelijk teruggaan naar de Upper West Side,' zei Peter, 'moet ik hier van de Expressway af.'

'Dat is goed,' zei Sheryl. 'Zet mij er straks maar op Broadway uit, dan neem ik de metro terug naar mijn hotel. Dat ging vanmorgen ook prima.'

'Hoe lang blijf je in New York?' vroeg Melissa.

'Nog twee dagen. Ik dacht, als ik hier toch naar toe moet kan ik er net zo goed een beetje vakantie van maken. Ik ben al een hele tijd niet meer in het Metropolitan en het Museum of Modern Art geweest en als ik een paar tentoonstellingen bezoek kan ik een deel van de reis- en hotelkosten van de belasting aftrekken.'

Peter schoot in de lach.

'Dat zou Stevie hebben kunnen waarderen,' zei hij. 'Hij was een blaaskaak, maar hij had wel gevoel voor humor.'

Ze reden tegen het spitsuurverkeer in en waren snel over de brug.

'Bedankt voor de lift,' zei Sheryl toen ze Broadway opdraaiden. 'En Emily, als je na Vassar wilt doorstuderen, moet je een keer in Ann Arbor op bezoek komen. Je kunt het natuurlijk niet met Rome vergelijken, maar het is een uitstekende universiteit.'

Peter stopte bij het metrostation op de hoek van Seventy-ninth Street.

'Het is erg druk,' zei hij. 'Je moet aan Melissa's kant uitstappen.'

Melissa hield het portier open.

'Goodbye, Sheryl,' zei ze.

Willem G. van Maanen

Een idylle

Lieflijker kon het niet. De piloot liet zijn helikopter een moment in de lucht hangen om beter te kunnen toekijken. Op het bergweitje, maar van bergen kon nauwelijks worden gesproken, op het heuvelweitje lagen een man en een vrouw bijeen op hun rug, hun gezicht naar elkaar toe. Hun witte auto stond in de schaduw, de picknickmand op het dak. Een jongen van een jaar of tien, twaalf liep in zijn rode zwembroek rond en plukte bloemen, voor zijn moeder? De piloot wist wat er groeide, hij kende de weitjes, die als terrassen boven elkaar lagen, niet alleen uit de lucht maar ook van dichtbij. Het waren trouwens niet alleen weitjes, er waren ook akkers, wijngaarden, korenvelden. Hij had ze stuk voor stuk bespoten, zijn helikopter kon dat vlugger en goedkoper dan de boeren met hun draagbare sproeiers. Op de wei die de drie hadden uitgezocht hoorden schapen te grazen, maar hij zag ze niet, misschien werden ze geschoren of waren ze al geslacht.

De man en de vrouw waren iets dichter naar elkaar gerold, tijd voor het liefdesuur. De jongen keek omhoog en zwaaide kinderlijk met zijn bloemen. De piloot wuifde terug, al kon niemand hem zien. Een vlucht tortelties scheerde langs zijn glazen koepel: lieflijkheid, vrede zover de blik reikte. Nog niet zo lang geleden viel hij met zijn gevechtsjager vijandelijke bommenwerpers aan, bestookte treinen en mitrailleerde patrouilles; nu zat hij, royaal geridderd en verminkt, in zijn gieter, zoals hij zijn toestel noemde, ter meerdere glorie van de nationale landbouw. Hij grinnikte en verdween uit het gezicht.

Hij wuifde naar me, zei de jongen. Hij legde de bloemen neer en ging naast zijn ouders zitten. Wie? vroeg zijn vader zo slaperig mogelijk.

De man in de helikopter. Hij had een grote bril op.

Laat ons nou even slapen, zei de moeder, heel even maar. Hij vloog die kant op, zei de jongen, over de bergen. Ik ga hem achterna.

De vader keek hem na tot hij in het struikgewas onder aan de helling verdween. Hij schatte de hoogte op niet meer dan dertig meter en zijn zoon zou niet verder dan tot tien, twaalf komen. Hij legde zijn hoofd op de borst van zijn vrouw en begon haar te strelen. In godsnaam, zei ze, maar ze wilde niets liever. Buiten moest het worden gedaan, dat vonden ze allebei, buiten op een weitje in de zon. Zo was hun zoon ook gemaakt, vlak na de oorlog, toen alles weer goed kwam en hun ellende voorbij was.

Ze sliepen daarna werkelijk in. In zijn droom werd de vader geroepen. Het klonk zo dringend dat hij wakker werd. Het roepen hield aan. Het was zijn zoon die aandacht vroeg, of zat hij in nood? Hij zag iets roods tussen de bladeren, halverwege de heuvel toch al, en hij vloog erheen.

Ik durf niet verder, zei de jongen toen hij onder hem stond.

Kom dan naar beneden, zei hij, maar dat durfde hij evenmin. Hij zat schrijlings op een tak die op die hoogte uit de rotsachtige bodem stak en die ieder ogenblik zou kunnen breken. Hij huilde niet, dat deed hij nooit, ook al was hij bang. De vader keek om zich heen alsof hij hulp verwachtte, en begon te klimmen. De eerste tien meter ging gemakkelijk genoeg, de wand zat vol uitsteeksels, daarna werd het moeilijker en was hij aangewezen op onbetrouwbare steunpunten. Toch duurde het niet lang of hij stond oog in oog met zijn zoon.

Je lijkt wel een vogel, zei hij, kon je maar vliegen. De jongen probeerde te lachen. Hij steeg een meter, sloeg zijn arm om hem heen en trok hem naar zich toe.

Klimmen, beval hij, en niet naar beneden kijken.

Ze klommen, voetje voor voetje. Na een paar meter wist hij dat het goed zou gaan, de bewegingen van zijn zoon werden zekerder, hij raakte zelfs op hem voor. Hij keek tegen zijn kleine billen aan en kreeg plezier in wat hij in stilte al een avontuur noemde. Hij fantaseerde over wat hun op de top van die verraderlijke heuvel te wachten zou staan: koeien en schapen, een kerkje, een korenveld, mensen wandelend of aan het werk.

Hij had nog geen keus gemaakt toen ze de rand al bijna hadden bereikt. Daar maakte hij zich toen toch wel zorgen over: hoe ze over die rand heen zouden komen. De rotsachtige kam van de heuvel leek iets voorover te buigen. Zijn zoon scheen het gevaar niet te zien en klom zonder aarzelen verder, hij was hem nu zeker twee of drie lengtes voor, zijn hoofd leek al boven de rand uit te steken. Gezichtsbedrog, maar toen zag hij, scherp tegen de lucht afgetekend, een houvast dat uitkomst kon bieden, een mast, een paal, overblijfsel van een hek misschien, een steunpunt in elk geval waaraan ze zich konden optrekken, als het sterk genoeg was. Wie moest die sterkte beproeven?

Dat vroeg hij zich werkelijk af, volwassen man die hij was. Hij vloekte tegen zichzelf, riep zijn zoon toe dat hij moest wachten, hees en duwde zich grommend en zwetend naar boven, klom hem zonder op of om te zien voorbij en sloeg in het wilde weg zijn arm om wat hij dacht dat de paal zou zijn. Het was hem, en even later trok hij zijn zoon naast zich op het land, het plateau, de vlakte, hij wist het niet goed te benoemen. Veilig in elk geval.

Het duurde even voordat hij tot zichzelf kwam. Net als beneden, zie je wel? zei hij. Ze stonden aan de rand van een weitje, zo'n weitje als waarop ze hadden gepicknickt, maar wel dertig meter hoger, en nog idyllischer. Schapen of koeien waren er niet, maar aan het andere eind lag een boerderij, er kwam rook uit de schoorsteen, ze zagen een man lopen, iets optillen, hout voor het fornuis.

Kom, zei hij, we gaan daar iets te drinken vragen. Hij liep al vooruit, maar zijn zoon riep hem terug en vroeg iets. Boven aan de paal, hij was hem alweer vergeten, redder in de nood, was een bordje gespijkerd met een opschrift dat zijn zoon niet begreep. Hij las, terwijl de woorden hem op de lippen bestierven: Ici sont massacrés par les allemands Rose Lalande, 36 ans, son fils Jean-Pierre, 12 ans, et sa soeur Marguérite, 34 ans. Le 3 juillet 1944.

Hij vertaalde het voor hem. De jongen keek voor zich uit zonder iets te zeggen, en hij gaf ook geen verdere toelichting. Goed, dacht hij, dan hebben we daarvoor die heuvel bedwongen, maar hij vond het zelf een gedachte van niets. Hij wilde de boerderij liever vermijden, maar dat was onmogelijk, de weg naar beneden voerde erlangs en hij was wel genoodzaakt die te nemen. Natuurlijk sloeg de hond aan toen ze dichterbij kwamen, en daar kwam de boer ook al naar buiten. Kan mijn zoon hier wat drinken? vroeg hij toch maar, bedacht op een weigering, die hem niet eens onaangenaam zou zijn. De boer riep naar binnen, er kwam een vrouw naar voren, veel jonger dan hij, maar naar haar gedrag te oordelen wel zijn vrouw.

Waar komt u vandaan? vroeg ze, niet vijandig maar oprecht verbaasd. Hij legde het uit, zo achteloos mogelijk, en iedereen zweeg. Kippen die zachtjes klaagden, dat wel, verder was er geen geluid. Het was ten slotte de vrouw die de stilte verbrak.

Een glaasje water? vroeg ze, of melk? Zijn zoon wilde water.

Hoe oud ben je? vroeg de boer, en hij mat hem langzaam met zijn ogen. Zijn zoon verstond hem, en het jaartal kende hij nu ook. Twaalf jaar, zei hij in zijn beste Frans, en hij keek de ander half huilend aan. Die glimlachte en legde zijn hand op de schouder van de jongen.

Dan, zei hij, wil je vast wel wat sterkers.

De weg terug liep in keurig afgeronde bochten langs de heuvel en kwam vlak bij de auto uit. De picknickmand stond nog op het dak, in het gras rekte hun vrouw en moeder zich uit.

Ik heb geslapen, zei ze, en krankzinnig gedroomd. Ze gingen naast haar zitten, en ze liet zich verbaasd maar niet onwillig hun liefkozingen welgevallen. De helikopter vloog weer over, maar geen van drieën had behoefte aan wuiven. De piloot kon zich dat wel indenken. Geamuseerd keek hij toe hoe die drie daar in het weitje aan het stoeien waren. Hij zou het liefst even blijven hangen om alles in zich op te nemen. Een lieflijker doelwit was niet denkbaar. De oorlog was niet voor niets geweest. Zonder oorlog geen vrede immers? Hij glimlachte, meerderde vaart en verdween, ditmaal voorgoed, uit het gezicht.

Vogeltranen

Mijn grootvader kwam niet ter wereld met twee armen maar met een, of, zoals hij later wel zei, zonder een. Vroeg ik hem hoe dat gekomen was, dan trok hij me met die ene tegen zich aan en fluisterde me toe dat het de schuld was van de ooievaar. Die had hem tijdens de vlucht te zwaar bevonden en, zoals ballonvaarders zich van ballast ontdoen om hoogte te houden, hem met zijn scherpe snavel de rechterarm afgepikt. Het ontroerde hem dat ik linkshandig was, tot het tekenen en schrijven aan toe. Je lijkt op me, zei hij, meer dan je vader. Ik mocht in zijn lege mouw kijken die hij, om het me moeilijk te maken, liet wapperen alsof het een vlag was, of een vogel die zijn vleugels zat te drogen. Die laatste vergelijking zou hem wel bevallen, hij kende alle vogels bij naam, bewonderde en benijdde ze om hun vermogen zich van de aarde los te maken, en liet me beloven ze nooit te willen vangen of kopen om ze te kooien. Om zijn bevel kracht bij te zetten nam hij me mee naar de dierentuin, waar ik het tragische lot van die gevangenen met eigen ogen kon gadeslaan. We troffen in het verblijf van de tropische vogels achter een ezel een witharige man aan die de fladderende en krijsende bewoners probeerde te schilderen. Mijn grootvader scheen hem te kennen, hij verbaasde zich althans niet over zijn aanwezigheid, en stelde me niet zonder trots aan hem voor. De schilder voltooide op zijn doek een hemelsblauwe vogel met rode kuif en kromme, zwarte snavel die ik, hoe ik ook rondkeek, niet in de kooi aantrof. Hij maakt wat God heeft vergeten, zei mijn grootvader, en dat is wat kunstenaars moeten doen. De schilder riep dat ik de hemel voor zo'n grootvader moest danken, en ik zag hoe hij de linkervleugel van zijn vogel met een enkele streek van een rode veer voorzag.

Na de dood van zijn vrouw had mijn grootvader haar jongere zuster in huis genomen, die ik tante moest noemen, wat ik met tegenzin deed. Net als mijn grootmoeder stelde ze me lastige vragen over mijn vorderingen op school die, hoe redelijk naar mijn opvatting ook, steevast werden geminacht. Kreeg ik voor vermenigvuldigen een 6, dan had mijn vader op mijn leeftijd een 7 verdiend, haalde ik op mijn beurt die 7, dan was mijn vader opgeklommen tot een 8. Mijn grootvader, zelf hoofd ener school geweest zoals hij het uitdrukte, lachte erom en raadde me aan het me niet aan te trekken. Je hebt tweemaal zoveel armen als ik, zei hij, en denk je dat ik me minder voel? Wees zacht voor anderen, jongen, en hard voor jezelf. Hij legde zijn hand op mijn schouder en trok me mee voor de dagelijkse wandeling over veld en hei. Wat hield ik van die man. Was hij mijn vader maar.

Onderweg vertelde hij over de schilder, die een klasgenoot van hem was geweest en niets anders kon dan tekenen. De dierentuin had hem in dienst genomen voor het illustreren van hun wetenschappelijke uitgaven en het vervaardigen van ansichtkaarten voor het publiek, ja, ook afbeeldingen van de dieren die hij naar eigen goeddunken veranderde of verfraaide. Terwijl ik daarover nadacht raakte ik met mijn voet in iets vast en kwam ik ten val. Het leek of iemand me bij mijn enkel greep om me naar zich toe te trekken, een trol of een aardgeest, en die voorstelling joeg me zo veel schrik aan dat ik vergat van pijn te huilen. Mijn grootvader, die door was gelopen alsof hij iets op het spoor was, draaide zich op mijn geroep om en ontdekte dat ik in een strik was geraakt die niet voor mij was bestemd, maar voor een haas of een vos. Hij beval me te blijven liggen zoals ik lag, omdat bij iedere beweging de strik zou worden aangehaald, en knielde naast me in een poging me te bevrijden. Ik hoorde hem mompelen en voelde zijn vingers op mijn been. Omdat ik voorover lag zag ik hem niet, en hoewel ik me niet kon voorstellen hoe hij met die ene hand de strik zou losmaken twijfelde ik er niet aan dat het hem zou lukken. Sta maar op, zei hij na enige tijd, en hij toonde me een lus van koperdraad die hij niet alleen had verwijderd van mijn enkel maar ook van de struik waaraan hij was bevestigd. Mijn knie schrijnde, niet meer dan een schaafwond, maar hij bukte al om er zijn zakdoek omheen te binden, hoe ik ook protesteerde. Ik keek neer op zijn grijze hoofd, had hem het liefst omhooggetrokken, maar hij richtte zich voortijdig op, de zakdoek ter plaatse geknoopt. Had ik goed gezien dat hij zijn tanden gebruikte? Jazeker, jongen, met hand en tand, zoals ik mijn schoenveters knoop. De een helpt de ander. Hij lachte om mijn verbazing, versnelde onverwacht zijn pas en raapte na enkele misgrepen iets op dat hem blijkbaar was ontglipt. Een vogel, rond, kleine kop, bruin met in de lengte lichte en donkere strepen over zijn rug. Hij was gewond, één vleugel hing als verlamd naar beneden. Mijn grootvader merkte na een korte inspectie op dat er geen schotwond te zien was; het dier was waarschijnlijk, en niet zonder schade, ontkomen aan de klauwen van een roofvogel. Of uit het nest gevallen, zei ik, maar nee, onmogelijk, de kwartel nestelt op de grond. Kwartel, ik kende het woord niet anders dan in combinatie met dove, niet wetend dat het een vogel was. Mijn grootvader schudde het hoofd om zoveel onnozelheid. Het is een vrouwtje, zei hij, alsof dat me uit de droom moest helpen. Witte keel, witte kin, zie je wel? Ik zag geen kin, ik zag een puntig snaveltje en twee oogjes die rusteloos rondkeken. Ik stelde voor de kwartel mee te nemen en thuis te verzorgen, in de hoop op genezing. Je zult hem moeten voeren met spinnen en wormen en slakken, zei mijn grootvader. Is het niet beter hem uit zijn lijden te verlossen? Hij spreidde de gekwetste vleugels als een waaier uit, bewoog hem heen en weer en keek me besluiteloos aan. Ten slotte overhandigde hij me het dier, en we aanvaardden de terugweg.

Mijn tante was niet gelukkig met de komst van de kwartel, maar stond toe dat ik in de achtertuin een kooi van gaas voor hem maakte. Mijn grootvader had me verzekerd dat hij gezond al laag bij de grond vloog, en dat er gewond zeker geen gevaar voor vluchten bestond. Hij hielp me bij het vergaren van voedsel, en zag er geen bezwaar in bij de buren met diepere tuinen toestemming te vragen voor het graven naar wormen, het vangen van spinnen en insecten of het zoeken naar slakken. Mijn tante, langzamerhand verzoend met de vogel, die zij hardnekkig wachtel noemde, leerde me dat hij ook gesteld was op plantaardig voedsel, zoals bloemknoppen, scheuten, zaden, graankorrels. Soms vergezelde ze me bij het plukken en verzamelen. Mijn grootvader moest toegeven dat de kwartel opleefde, maar waarschuwde me dat het niet voor eeuwig zou zijn. Wanneer hij niet van zijn verwonding zou herstellen en de beschadigde vleugel weer zou kunnen gebruiken, zou zijn leven een einde nemen, of krijgen. Ik zag dat mijn tante een vinger op haar lippen legde, maar hij negeerde de waarschuwing en hield me voor dat een vogel met maar één vleugel in tegenstelling tot een mens met maar één arm ten dode was opgeschreven.

Ik was bij het horen van die mededeling hard voor mezelf geweest en had mijn tranen bedwongen, maar eenmaal in bed liet ik me gaan. De gewonde vleugel, ik moest het toegeven, hing met de dag slapper en sleepte langs de bodem als de kwartel in zijn kooi op en neer stapte. Het hinderde hem nauwelijks in zijn bewegingen, maar als ik mijn grootvader goed begreep zou er een moment kunnen komen waarop er moest worden ingegrepen, door een dierenarts bijvoorbeeld die de vleugel zou afzetten, en dan was het met hem gedaan. Ik zei het wel niet openlijk, maar ik verbeeldde me de laatste tijd niet dat de veren daar doffer werden, verkleurden, en ik zou mezelf bedriegen als ik dat toeschreef aan het gesleep over de grond. Was de vleugel al aan het afsterven, en had mijn grootvader dat misschien gezien? Ik kon niet in slaap komen en zon op mogelijkheden om de kwartel van de ondergang te redden. Toen het donker was geworden en stil in huis stond ik op en liep de tuin in. In het halve licht van een lantaarn zag ik hem in een hoekje van de kooi liggen, een donkerbruine bal, roerloos alsof hij dood was. Ik raakte hem aan, hij bewoog even maar kwam niet van zijn plaats. Het groenvoer dat ik voor hem had neergelegd was niet gebruikt. Ik bukte me om hem op te nemen, maar de lantaarn ging onverwacht uit, het was middernacht waarschijnlijk, daar sloeg de torenklok ook al, ik tastte in het donker maar kon hem niet meer vinden. Lichtgevend hoefde hij niet te zijn, het was al genoeg geweest als niet alleen zijn kin en keel maar zijn hele rug wit zou zijn, in plaats van het onzichtbaar makende bruin.

De zon was de volgende morgen nog geen uur op of ik was het ook. Of het nu terecht is de kwartel voor dove uit te maken of niet, de mijne hoorde me niet aankomen. Terwijl ik de verfdoos, een geschenk van mijn grootvader, opende en mijn penseel indoopte bleef hij onbeweeglijk zitten. Hij verzette zich niet toen ik hem opnam en de eerste kleur, geen wit nog maar hemelsblauw, op zijn veren aanbracht. Mijn vrees dat de verf niet zou pakken bleek ongegrond. Was ik eerst nog voorzichtig met de dosering, gaandeweg verkreeg ik meer zekerheid, raakte ik overmoedig, en koos ik de ene kleur na de andere, als ze maar licht en helder waren, om het sombere uiterlijk van mijn kwartel op te vrolijken. Aan de afhangende vleugel besteedde ik bijzondere aandacht; ik vermeed het gebruik van uitbundige kleuren en zocht verfijnde combinaties van roze en rood die de sfeer van een zonsondergang opriepen. Mijn werk niet zonder voldoening overziend veranderde ik ten slotte het roomwit van de oogstreep in donkerblauw, wat de kleine kop een accent van kracht verleende, gelijk aan het effect van een zware wenkbrauw in een menselijk gezicht. Juist toen ik besloot de korte staart, die ternauwernood een staart was, dezelfde kleur te geven voelde ik dat iemand mijn schouder aanraakte, en ik liet het nog natte penseel uit mijn hand vallen.

Geschrokken was ik niet, maar ik voelde me betrapt. Ik richtte me uit mijn geknielde houding op, de vogel latend voor wat hij geworden was. Wie van jullie is nu de dove? vroeg mijn grootvader. Hij was nog in nachthemd, en daardoor werd me tegen mijn wil iets geopenbaard dat ik als zijn geheim beschouwde. De ooievaar had hem het bovenste van zijn rechterarm gelaten. Onder de dunne stof tekende zich een stomp van tien, twaalf centimeter af die door de onverlet gebleven werking van het schoudergewricht kon worden bewogen. Dat verklaarde het wapperen van de mouw als hij me op speelse wijze wilde verhinderen naar binnen te kijken. Hij verwaarloosde mijn blik, die zich niet kon losmaken van het geheim dat ik nu met hem deelde, en vroeg of de kwartel droog genoeg was om te worden opgenomen. Hij is mooier dan God kan hebben bedoeld, zei hij, toen ik hem de vogel had aangereikt, maar te opvallend om zich nog te kunnen verschuilen. Ik zei dat het ook niet nodig was, omdat ik hem niet meer zou laten gaan.

De kwartel boog zich langs mijn grootvaders arm, op weg naar de elleboogknik, waar het veilig genoeg was om te nestelen. De mouw van het witte nachthemd schoof op, zodat de bruingevlekte huid blootkwam. Ik bukte me om de verfdoos en het gevallen penseel op te rapen. Het voer, dat ik 's nachts al ongebruikt had aangetroffen, was ook later niet aangeroerd. Wilde hij niet meer eten, niet meer leven?

Mijn grootvader riep me iets toe dat ik niet verstond, of niet wilde geloven. Hij had de kwartel naar zijn mond gebracht, alsof hij hem iets wilde influisteren, wie weet hem liefkozen. Het dier verdween vrijwel geheel in zijn grote hand, waarvan ik de kracht menigmaal had ondervonden als hij me beetpakte om me iets te tonen wat ik met alle geweld moest zien en bewonderen. In mijn haast om naderbij te komen vergat ik het gaas waar ik overheen moest stappen, en kwam weer ten val, waarbij ik mijn genezen knie opnieuw bezeerde, pijnlijker dan de eerste keer. Wist jij dat een vogel kan huilen? vroeg mijn grootvader, zonder acht te slaan op mijn verwonding. Geloof je het niet? Ik heb het zelf gezien, hij huilde als een kind, de tranen stonden in zijn ogen.

Hij wilde me de kwartel teruggeven, maar ik nam hem niet aan. Het rood dat ik had gebruikt was blijkbaar nog niet droog, mijn grootvaders lippen en kin waren bebloed, of, en dat hield ik me liever voor, geverfd als bij een clown. Gaat hij nou dood? vroeg ik, en ik verbaasde me over het gemak waarmee ik het woord uitsprak. Mijn grootvader keek me aan alsof hij me niet zag, knikte afwezig en zei toen te geloven dat de vogel niet daarom huilde, maar om de pracht van zijn nieuwe veren waarmee hij op het laatst van zijn leven had mogen pronken.

Toen ik de kwartel ten slotte van hem overnam zag ik pas dat hij de verlamde vleugel miste waarop ik zo mijn best had gedaan. Hij lag als een vod aan mijn grootvaders voeten, vloekend met de afzichtelijke kleur van zijn afgetrapte pantoffels. Ik raapte hem op en drukte hem op zijn plaats, waar niets van een verwonding te zien was. Zo legde ik mijn kwartel onder een struik waar hij, als hij al niet dood was, in alle rust kon doodgaan. Mijn grootvader keek zwijgend toe. Ik had hem nog nooit zien huilen. De tranen stonden in zijn ogen.

Hans Münstermann

Excelsior

In haar omgeving spraken ze er schande van.

'Ga jij met die vent eten?'

'Heeft hij daar tijd voor?'

'Meen je dat echt?'

'Kun je daar niet onderuit komen?'

Ze moesten aan het idee wennen. Dat kon ze zich heel goed voorstellen.

'Waar gaan jullie eten?'

De plek was heel goed. Ze wilde altijd al bij Excelsior eten. De speklaaggevel, de baksteentjes, afgewisseld met witgeschilderd cement. De heerlijke dakkapellen, raampjes waarachter het 's winters behaaglijk is en warm. Een goeie keuken.

'Bij Excelsior?' had Gijs uitgeroepen. 'Dat kan niet.'

'Hoezo niet?'

'Gevorderd door de Duitsers. Daar komen alleen officieren. Het hele zootje. Dat is helemaal geen hotel meer.'

Het was haar nog niet opgevallen.

'Het Victoria, De Doelen, Carlton en De l'Europe. Dat zijn gewoon kazernes.'

'Schei nou toch uit. Ik ben er van de week nog langs gelopen.'

'Je zult het wel merken,' zei hij. 'Het is van onder tot boven ontruimd. Behangen met leuzen. Al het personeel hebben ze naar huis gestuurd.'

Waarom heeft ze er zelf niks van gezien? Komt het omdat er zo veel veranderd is, dat het je gewoon niet meer opvalt? 'Maar we kunnen er toch wel eten?'

'Je krijgt kanonskogels.'

Maar kogels of geen kogels, ze wilde goed voor de dag komen.

'Trek je die jurk aan?' vroeg Gijs toen ze zich voor de spiegel opmaakte.

'Is dat gek?'

'Het is wel érg feestelijk, vind je niet?'

Er hangt een rare sfeer. Juist hier, nu alles anders is geworden. Op straat was het al merkbaar, bij de ingang. Je gaat niet elke dag ergens naar binnen langs een erewacht. Wehrmachtsheim stond er boven de vroegere hotelbalie. Ze had toch al het een en ander beleefd. Maar in een Wehrmachtsheim had ze nog nooit gegeten. Misschien worden ze bediend door een kolonel, staat er een generaal achter het fornuis. Het is niet de rotzooi waar Gijs het over had. Is dit zoveel anders dan de laatste afsluitende diners in Brussel en Londen? Afgezien van al die uniformen. Vier mannen en een vrouw. Ze merkt dat hij af en toe naar haar kijkt. Hij heeft het over zijn carrière bij de Duitse luchtmacht. Het woord 'Stuka' komt regelmatig uit zijn mond, als een fladderend stuk speelgoed. De andere mannen zijn een tikkeltje gespannen, maar daar heeft ze zelf geen last van. Ze denkt aan Gijs, haar verloofde. Hij zit nu in zijn kleine leren leunstoel en heeft de krant vast. Gijs Veldman. Af en toe hoort ze hem zuchtend in zichzelf praten. 'Die kranten, dat kun je toch niet meer lézen? Wat is er met de journalisten gebeurd?'

Het gesprek gaat over de zomer. De mensen zijn gaan pootjebaden en hebben ijs gegeten, de mannen hebben weer te lang alles aangehouden, hun hemden en jasjes, tot alles plakkerig werd, en laat in de middag het andere uiterste: bijna alles uittrekken. De Duitsers schrikken er niet van. Die hebben wel vaker een menselijk lichaam gezien. In Berlijn gaat dat heel ver. Hoe ze daar zonnebaden. Alsof ze rondhangen in het aards paradijs.

Aandachtig staart ze door de boogramen naar het water van de Amstel. Het beeld rijst steeds weer in haar op. Hoe hij kwam binnenlopen. In een pak, alsof hij vanmiddag nog even langs was geweest bij Peek & Cloppenburg. Om er goed uit te zien. Waarschijnlijk was het een peperduur ding, ontworpen om er nonchalant in rond te lopen. Ze waren allemaal opgestaan.

Zijn ogen schitteren soms in haar richting, blauwe kogels die boven de tafel flakkeren, als de opkomende zonnen van de nieuwe tijd, met daaromheen en daarachter dat enorme hoofd. Hij schijnt heel intelligent te zijn. Ja, je kunt zeggen, hier had je niet naar toe moeten gaan. Niet onder deze omstandigheden. Maar zijn de omstandigheden dan zo gek? Misschien is het wel rustiger en vrediger dan de vorige zomers toen iedereen zoveel ophef maakte over de internationale situatie. Er staat een schoteltje met pâté de foie gras voor haar neus. Ben ik dan zo gewillig dat ik overal op inga?

'Laat hij maar op zijn tellen passen,' zei Gijs met een spottend lachje. 'Denk eens aan alle vervalsingen die er op de markt komen.' Sommige dingen kunnen echt niet. Tussenpersonen, wat zijn die soms onbetrouwbaar. Ooit waren het nette lieden. De handel zou eerlijk en transparant moeten zijn. Er zou een toezichthouder moeten komen. Om de nuances te controleren. Nou, deze Vermeer is in elk geval echt. De gastheer slurpt vrolijk van zijn Consommé Gladiateur. Voelt zich volkomen op zijn gemak. Ze heeft hem alleen een hand gegeven en nog haast geen woord met hem gewisseld. De mannen spreken over de markt, over de renaissance, over het verloop van de oorlog.

'Weet je trouwens dat er geen Frans meer gebruikt mag worden op de menukaarten?' zei Gijs. 'Daar moet je eens op letten.'

'Geen Frans?'

'Alleen Duits of Nederlands.'

Dat is dus ook al niet waar.

'Hij is afstotelijk,' heeft Gijs uitgeroepen.

Gijs maakt zich druk. Over politiek.

'Een afstotelijke man.'

Maar dit schilderij dan? Zoveel geld investeren in kunst? In Vermeer. Betekent dat niks?

'Ja, hallo,' heeft Gijs uitgeroepen, 'weet je dat Hitler ook dol is op kunst?'

Ze vond dat een flauw argument.

'En de NSB,' zei ze, 'die wordt toch gewoon uitgelachen, ook in de krant?'

'Ja,' zei Gijs, 'dat is het sluwe, dat ze die stomme NSB gewoon laten uitlachen.'

'Ich finde Amsterdam ganz lustig,' zegt de gastheer hardop, zodat ongeveer de halve zaal het kan horen. Zouden ze nou met zijn allen in het Duits de Amsterdamse grachten gaan bezingen? Hij vraagt haar of zij hier in deze heerlijke stad woont. Als zij antwoord wil geven heeft hij zijn hoofd alweer afgewend. Waar zou hij na de maaltijd heen gaan? Waar zou hij slapen?

'Ik ben hier geboren. En getogen.'

Hoe zeg je dat in het Duits? Nee, haar Duits is niet om over naar huis te schrijven. Maar ze verstaat heel goed wat hij zegt. Hij heeft boven Londen gevlogen. Een paar dagen terug. Met een Junkers 88. Helemaal in zijn eentje. De vernietiging schijnt enorm te zijn. Niemand begrijpt waarom de Engelsen zich nog niet hebben overgegeven. Als je dat ziet, en beseft dat Amsterdam hetzelfde lot bespaard is gebleven. Hij heeft het volste vertrouwen in de spoedige goede afloop van de oorlog. Daarom schenkt hij zichzelf een paar uur verlof in Amsterdam. Wees niet bang, zegt hij. De oorlog duurt hoogstens nog een paar weken. Het wordt een normale herfst. Hij praat steeds losser en gemakkelijker, leunt achterover met uitgespreide handen, komt naar voren om alle aanwezigen te kalmeren. De mensen zijn natuurlijk bang, omdat ze niet weten hoe lang het gaat duren. Wees gerust, zegt hij, nu wij eindelijk, na al die jaren, het initiatief hebben genomen, zullen wij het niet meer uit handen geven. 'Maar is het niet vreselijk,' fluistert ze, 'wat er in Londen gebeurt?'

'Dat zijn leugens,' pruttelt Van Rhenen. 'De aantallen worden overdreven, zoals in elke oorlog.'

In de meidagen was hij ziedend, net als haar vader. Nu is hij voorzichtig. Hij lijkt de krant wel. Hij is zeker bang om iets te zeggen wat niet bevalt. De gastheer is bitter over de bombardementen op Berlijn. Zeker, Londen wordt ook gebombardeerd. Maar dat is heel wat anders. In Londen zitten de wapenfabrieken en de depots gewoon tussen de woonwijken. In Berlijn bombarderen ze onschuldige burgers. Er is daar voortdurend luchtalarm. Dat is de prijs die Duitsland betaalt voor onze veiligheid. Hij neemt enorme slokken van de wijn, alsof er bier in het glas zit. De Duitsers schijnen het Hollandse eten erg lekker te vinden. Ze zag van de week een Duitse soldaat aan een haringstal. Een boom van een kerel, jong en gebruind, met een aantrekkelijke glans op zijn gezicht, vriendelijke ogen. Even later stond hij op het kruispunt bij de Ceintuurbaan het verkeer te regelen. Toen ze binnenkwamen moest ze weer aan die Duitser denken en keek toen in de verbaasde gezichten van de Duitse schildwachten. En daarna de hal met de toegang naar de zaaltjes. De gemoedelijkheid die er heerste, je kon je meteen thuis voelen, alsof het eigenlijk ging om een bijeenkomst van oud-Lombokstrijders.

Wat een idiote gedachten krijg je hier in je kop. Zou dat zijn omdat in dit restaurant alleen goed geschoolde, gewapende mannen rondlopen? Hij praat heel makkelijk, is echt losgekomen. Hij is een plaats opgeschoven en zit nu tegenover haar. Op dit zoete ogenblik is ze loyaal aan haar gastheer. Wat een heerlijke man. Ze zou hem willen helpen. Met tips over de stad. De attracties waar je absoluut heen moet. Converseren in een rondvaartboot. Hij koestert veel bewondering voor Engeland. Maar laten we het doek niet vergeten. Het doek. Zijn vrouw was dol op de Nederlandse musea. 'Boimans von Boiningen!' 'Reichsmuseum!' Mede dankzij haar puilt het huis uit van de kunstboeken, catalogi. Zij had dat onbenoembare, dat speciale oog. Fingerspitzengefühl. 'Meine Frau,' zegt hij, 'ist vor zehn Jahren gestorben.' Deze man is inderdaad oprecht verrukt over het doek. Gaan we daar straks nog even naar kijken? De moeilijke blik in de ogen van Van Rhenen. Die zou je met geen kanon zover krijgen om midden in de nacht de deur van de kunsthandel open te maken. Van Rhenen krijgt een klap op zijn schouder.

Het ijs breekt naar alle kanten. Er komt meestal een moment waarop ze ineens beseft dat een van de mannen haar al een tijd donker aankijkt: hij wil mij. Nu niet aan Gijs denken. Het zou heerlijk moeten zijn om aan je verloofde te denken.

'Je zou je terughoudend op kunnen stellen,' heeft Gijs gezegd, en ze is uit haar slof geschoten.

'Kommen Sie doch mal nach Karinhall, ich meine euch alle, mich und meine Frau besuchen, schauen Sie meine Sammlung an, und wie dieses himmlische Bild dort wirkt.'

Zo dansen de optimistische woorden over de tafel.

'Wenn der Krieg vorüber ist.'

'Ein paar Wochen, im Herbst ist bestimmt alles vorbei.'

'August seid ihr bei mir, alles klar, essen, trinken, Freundschaft.'

Hij haalt een foto uit zijn binnenzak. Ze denkt: dat zal wel van zijn vrouw zijn, of een kind. De foto gaat de tafel rond. Het is een portret van hemzelf in een rieten tuinstoel op een gazon met op zijn schoot de voorpoten van een volwassen leeuw. In Nederland zie je nooit zulke foto's van belangrijke mensen de kring rondgaan. Het idee, Colijn of De Geer met een leeuw.

'Dann ist die Königin auch wieder zu Hause.'

Hij komt naar voren over de tafel heen, met een wolk van zweet en haarwater. Wat een blauwe ogen. Zijn overleden vrouw heeft hem groot verdriet bezorgd met haar heengaan. Emmy, zijn tweede vrouw, doet haar best die leegte op te vullen. Een moderne vrouw, met moderne opvattingen. 'Und Sie, Fräulein Margriet, sind Sie verheiratet?' Ze schudt haar hoofd. Laat het daarbij. Ze probeert koortsachtig aan iets te denken. Denk maar iets, het geeft niet wat. Er wordt een charlotte-russe geserveerd die zij nauwelijks beroert. Ja, een hapje om hem te laten zien wat er gebeurt als zij met pudding op haar zilveren lepeltje haar mond opent, haar lippen zachtjes uiteen laat gaan.

'Margriet, hoe kun je iets voelen voor zo'n vetzak,' zegt Gijs. Hij fluistert in haar oor. Gijs is jaloers. In het begin vond ze dat heel plezierig. Opwindend. De afgunst van een belangrijke man is iets waar je helemaal wild van kunt worden. Om hem uit te dagen, om meer van hem te houden. Maar ze houdt nu eenmaal van dit spel, heel serieus en toch een tikkeltje speels, met zomaar een wildvreemde. Flirten, dat heerlijke woord. Zeggen de Duitsers dat ook zo? Flirten. Een beetje zwoel worden met een onbekende. En dan bij jezelf mompelen: dit kan niet. Kom tot jezelf.

'Gute Laune, Spass machen.'

Haar vermogen om zich volkomen op haar gemak te voelen wordt hier als het ware aangewakkerd. Het is veel meer, het talent om heerlijk in haar vel te zitten, om innerlijk te juichen.

'Ich bin ja so glücklich.'

De gastheer schijnt in opperbeste stemming te verkeren. Hij kijkt haar aan alsof zij, Margriet, zojuist met hem in de echt verbonden is. Ze heeft ja gezegd, ja, en de anderen hebben gejuicht, of zijn stilletjes weggeslopen.

'In London ist übrigens kaum noch etwas zu essen.'

Zou er iets in het eten hebben gezeten? Is die man een heks? Er komt gezang uit de zaal hiernaast. Een of ander Duits lied. Er staan flessen op tafel die de gasten zelf ter hand nemen om zich bij te schenken. Zou het de cognac zijn? Als ze geweten had wat haar te wachten stond dan was ze nooit meegegaan. Geen sprake van. Dan had ze zich ziek gemeld. Om niet naar het Walhalla te hoeven.

'Het vlees gaat op de bon,' zegt Van Rhenen, 'daar kun je op wachten.' Nuchter als een verkeersbord. Die man heeft ze nog nooit aangeschoten meegemaakt.

'Wir machen noch eine Ausflucht ins siebzehnte Jahrhundert, Sie fahren doch auch mit Fräulein Margriet?'

Dit zal wel niet ernstig gemeend zijn. Dat kan haast niet. Ze zou Gijs nog bellen als ze thuiskwam, om een uur of twaalf. Om te vertellen hoe het gegaan was. Wat het voor iemand was. Want Gijs zou opblijven, die ging niet naar bed, die was in staat om midden in de nacht te gaan stofzuigen om iedereen te laten horen dat hij nog wakker was.

Steeds als de gastheer een beweging maakt en zijn colbert even opzij schuift voor zijn overhemd ziet ze een soort ridderorde of een medaille op zijn hemd schitteren. Wat een curieuze ijdelheid moet die man bezielen. De zinnen die Gijs nog tegen haar gezegd heeft voordat ze door haar hoofd gingen buitelen.

'Die man is verantwoordelijk voor Rotterdam, snap je dat eigenlijk wel?'

Alles wordt nu rood voor haar ogen. De zalen en gangen van het hotel lijken met rooie verf besmeurd. De Amstel is rood, de Munt is rood, de hele stad wordt door deze gloed in vuur en vlam gezet. Een scharlaken panorama waarin opeens ook vrouwen langs lopen. Alsof de deuren zijn opengezet voor een zwoele toegift. De laatste film van Hitchcock is hier opgenomen, dat schiet haar opeens weer te binnen. Ze heeft nieuwsgierig op de brug bij de Munt gestaan om te zien hoe ze de lichtreclame op het dak manipuleerden tot Hot Europe.

Hij beantwoordt vragen over de Führer. We moeten nou vooral niet denken dat het een heilige is. Die ziet ook niet alles. De partij bestaat heus niet uit louter heiligen. Er zitten ook foute figuren tussen. 'En de Kristallnacht, tussen haakjes, daar was ik woedend over.' Maar hij praat liever over zichzelf. Hij heeft zijn eigen hoofdkwartier, net als de Führer. Ergens in Normandië. Morgenochtend zit hij weer op zijn post. In feite is hij nu ook op zijn post. Elk ogenblik kan hij gebeld worden om te horen dat Engeland capituleert.

'Kommen Sie mit?' Hij dringt aan. Gooit alles in de strijd. Hij oefent een bepaald soort druk uit die ze nog niet eerder zo sterk heeft gevoeld. Ook het allerlaatste spoortje van tegenzin, ergens diep van binnen, wil hij opruimen.

'Haben Sie kein Vertrauen zu mir?'

Ik ga Gijs bellen, denkt ze, zeg dat we nog even naar het doek gaan kijken. Gijs, hoor je me? Ze heeft helemaal geen zin om Gijs te bellen. Het is akelig om aan hem te moeten denken. Ze wil even niet weten dat hij bestaat. God, ze vindt zichzelf helemaal niet aardig. Drink nu minstens twee koppen sterke koffie en kom tot jezelf. Nuchter worden is waarschijnlijk het verstandigst. De avond beleefd afsluiten. Het diplomatieke in Gijs, waar ze zo hopeloos voor gevallen is, dat was toch niet voor niks? Want ze ervaart die diplomatieke trekjes in hem als een streling. Maar deze machtige man, die op een bepaalde manier ook diplomatiek is, onderscheidt zich, en in dat opzicht heeft hij heel veel met Gijs gemeen. Zoals hij over de schilder praat, over de ware innerlijke hartstocht. Daarom is het vuur heter, laaiender. Op een bovenverdieping klinkt harde muziek. Wordt daar gedanst?

'Fahren wir also zum Kaisersgracht.'

Er staan twee auto's klaar. Ze stapt in met Van Rhenen, de gastheer en de chauffeur. Daarachter een auto met vier mannen. Heel rustig en vanzelfsprekend. Mogen zij om twaalf uur nog op straat zijn?

'Doe niet zo naïef,' zegt Van Rhenen. Inderdaad, denkt ze. Wij mogen de hele nacht op straat dansen, in ons ondergoed, onder het oog van de Wehrmacht. De heren zijn bereid om mee te dansen en er een parade bij te organiseren. Trommels, klaroenstoten. En gratis bonnen voor koffie en bloem. Ze zetten gewoon de hele gracht af, voor het veilinghuis. Heute Abend: Tanz mit Johannes Vermeer.

Ze staan voor het doek. De commentaren komen heel gemakkelijk. Vermeer was waarachtig op dreef. Let op zijn grote expressieve kracht, de frisse kijk, hij laat je speels en avontuurlijk zingen, dit doek is een geheimzinnige schuifdeur waar je achter wil kijken.

'Diese Religiosität.'

'Ich bin nun mal ein Renaissancetyp.'

Later zitten ze weer in de auto. Onderweg neemt ze afscheid van Van Rhenen. De gastheer zal zorgen dat de Fräulein naar huis wordt gebracht. Dag meneer Van Rhenen, slaap lekker. Ze weet niet waar ze is. Doet dat er nog toe? Ze ligt tegen het ontzaglijke zachte lichaam, kijkt op naar zijn staalblauwe ogen. Wat er toch omheen hangt? Dat ze uitgedaagd wordt voor een eenmalig toernooi. Eén keer in je leven iets doen wat echt niet kan. Dan gebeurt er iets raars. Ze worden op de hoek van de Herengracht en de Vijzelstraat aangehouden door een agent.

'Sie meugen hier nicht rijden.'

Dit is zo typisch Nederlands dat ze zich eenvoudig schaamt. Van zoiets wordt een mens op slag klaarwakker en broodnuchter. Wat zijn wij ouderwets en belegen vergeleken bij de moderne Duitsers. Sie meugen hier nicht rijden. Je zou er acuut iets van krijgen. De agent wil een bekeuring gaan uitdelen. Is dit waar? 'U krijgt van mij een proces-verbaal,' zegt de agent en hij haalt een beduimeld kladblokje te voorschijn.

'Was soll ich machen?' informeert de chauffeur.

Plankgas, denkt ze, hoepel toch op met je stomme boekje. Er is geen sterveling op straat en jij gaat hier een bekeuring uitdelen. Aan de rijksmaarschalk. De chauffeur geeft gas. Ze moet hier erg om lachen. Als de Duitsers ons land bezetten om zulk soort humor in te voeren, haar zegen hebben ze. Ze duikelt terug in de roes. En nu ligt haar hand op de ridderorde die hij draagt.

'Was ist das?'

'Annunziata,' zegt hij, een geschenk van de Italiaanse koning. Als aandenken aan de overwinning op Frankrijk. Dan gebeurt er een wonder. Hij klapt de ridderorde open, alsof het een klein plat doosje is. Het zit tot de rand gevuld met een wit poeder. Wat is dat?

'Komm, wir machen es uns bequem.'

Gijs, verdomme. Ik wil alleen maar leven.

'Ein schnapps, ein bisschen Fickpuder und ich fahre Sie nach Hause.'

Wat dit betekent? Fikpoeder? Brand? Iets smerigs? Ze stelt zich voor hoe het kan gaan. Hij sleurt haar mee, over trappen en door gangen. Ze ligt onder lillende lappen wit vlees, als bedekt door een lawine die kreunend het geboomte opzij schuift. Sommige dingen moet je willen vergeten. Het is vergeten. Later staat ze weer op haar benen, hij legt een vinger op haar mond.

'Die Engländer sind übrigens verdammt...'

Ze verstaat ook dit Duitse woord niet.

Rascha Peper

Weer naar school

Al een jaar of twaalf heb ik niets meer met het onderwijs te maken, maar ieder jaar aan het eind van de zomer is het raak: ik droom dat ik weer naar school moet. Het is meestal in augustus, het kan een keertje september worden, maar de droom slaat nooit een jaar over. Kennelijk heeft de innerlijke klok – beroemd vanwege de jetlags en de overgang van winter- naar zomertijd – ook weet van het verloop van het schooljaar.

De droom volgt altijd hetzelfde stramien. Gehaast, al flink te laat, kom ik op school aan, nog in kimono, onopgemaakt en met slierterig haar. Boeken heb ik niet bij me en van een lesrooster is me niets bekend; ik weet niet eens welke klassen ik dit jaar heb. Ik dwaal door de gangen. Iedereen is al binnen, door dichte deuren heen klinken de bedaard docerende stemmen van mijn collega's en door ramen vang ik flarden op van keurig oplettende leerlingen. Waar is mijn lokaal nou? Het moet vol wachtende kinderen zitten, die gaan er een bende van maken als ik niet opschiet. Maar ik heb geen idee waar ik moet zijn en begin me onderhand ook zorgen te maken over mijn uiterlijk. Preuts trek ik de kimono zo decent mogelijk om me heen. Daar heb je verdorie de rector al!

De rector vraagt waarom ik nog niet in mijn lokaal ben en ik leg hem trouwhartig mijn probleem voor. Hij fronst de wenkbrauwen, kijkt op een roostertje en zegt dat hij me wel even zal brengen. Als onnozele toerist in eigen school loop ik achter hem aan, maar ik presteer het op de een of andere manier hem kwijt te raken. Weet je wat? Ik wacht gewoon tot het tweede uur, dan heb ik meteen wat tijd om me op te knappen. Maar de toiletten zijn nergens te vinden en het vruchteloze gedool begint opnieuw.

Shit, daar is de rector weer!

In een variant van de droom ben ik opeens wel in mijn klas, maar wat voor klas het is, blijft duister. Kom, ik zal eens slim zijn en een leerling vooraan zijn boek te leen vragen. Aan het boek zie ik dan wel wat voor groep dit is; ik geef tenslotte al jaren les aan dit soort blagen, het moet een makkie zijn. Ik tuur in het boek, maar herken niets van wat erin staat. Wel zakt de ceintuur van de kimono af, valt mijn slordig bijeengegraaide haar uit elkaar en sta ik de inderhaast opgebrachte lipstick over mijn kin te smeren. Laten we maar een willekeurige oefening uit het boek opgeven als huiswerk waaraan ze vast kunnen beginnen. De kinderen lijken mijn ontreddering niet op te merken en niets geks te vinden aan een lerares die met de ene hand een kimono staat dicht te sjorren en met de andere haar coupe-net-uit-bed tot staartje probeert te dwingen – ach, alles kan tegenwoordig, denk ik nog met de moed der wanhoop. Ze zien en horen me echter helemáál niet. Wat ik ook zeg, het komt als gepiep uit mijn keel en de kinderen kijken neutraal terug als vissen achter glas. En wie staat daar achter het gangraam het lokaal binnen te kijken? Juist.

Dit zal ongetwijfeld een typerende droom zijn voor wie zijn zaken juist redelijk netjes op orde heeft. De oeroude angst om je greep op de dingen te verliezen, om in een oncontroleerbare chaos te verzanden. Maar wat me ergert is de terugkerende rol van de rector als boeman of big brother. Ik heb in mijn schoolloopbaan met vier rectoren te maken gehad, vrijwel altijd op de ontspannen manier die de vrucht van de jaren zestig is. De tijd van Bint en De Bree was allang voorbij toen ik ging lesgeven. Het is me één keer gebeurd dat ik een 2-havo niet in het gareel kon houden en de rector onverhoeds het lokaal binnentrad om te vragen wat dit kabaal te betekenen had. Heeft dat zo'n indruk gemaakt dat de man me nu nog in mijn dromen komt kwellen?

Ik vermoed van wel. Want de omgekeerde situatie heeft ook indruk gemaakt. Dat was in mijn laatste lesjaar. Ik gaf in 4-atheneum op een snikhete dag een proefwerk en zette omdat er zo geklaagd werd over de warmte, de ramen en de lokaaldeur tegenover elkaar open. Omdat ik toch wegging had ik het hele jaar tegenover de leerlingen al een 'kom maar op, ik lust jullie rauw'-houding aangenomen, die me tot mijn eigen verwondering een ongekend gezag opleverde. De klas hing lusteloos maar muisstil over de opgaven. Op zeker moment klonk de snelle, efficiënte stap van de rector door de gang. Hij keek even het open lokaal in en knikte me glimlachend toe. Die situatie bedoel ik. Ik vond het een glorieus moment.

Een glorieus moment – mijn god, ik zou een goeie voor Bint geweest zijn! Dan zou ik er alleen niet met zo'n mild jaarlijks droompje afgekomen zijn, vrees ik.

Zwemmen

In de tijd dat het nog op prijs gesteld werd in verhullende taal over seksuele aangelegenheden te spreken, zocht menig schrijver zijn toevlucht tot spitsvondige metaforen om de geslachtsdaad te beschrijven. In de voormalige Sovjet-Unie zal die neiging waarschijnlijk nog hebben standgehouden nadat bij ons de consternatie over Camperts 'heel Europa zoop en naaide' allang geluwd was. Die gedachte kwam tenminste bij mij op toen ik onlangs *Zomer in Baden-Baden* van Leonid Tsypkin las.

Er zullen betrekkelijk weinig mensen opveren bij de naam Tsypkin – ikzelf had tot een paar weken terug nog nooit van deze Russische schrijver gehoord. Dat kon ook moeilijk, want Tsypkin was een joodse refusenik, een sovjetburger aan wie keer op keer een uitreisvisum geweigerd werd, en dit boek – zijn eersteling, in 1980 voltooid en in '82 in New York gepubliceerd – is pas vorig jaar in Nederland verschenen. Het zal zijn enige boek blijven; de schrijver stierf op zesenvijftigjarige leeftijd, zeven dagen na zijn New Yorkse debuut.

Een intrigerende roman. De ik-persoon maakt een winterse treinreis van Moskou naar Leningrad, maar komt amper toe aan de beschrijving van zijn eigen grauwe, communistische werkelijkheid, want hij verzinkt in gedachten over Dostojevski, die ruim een eeuw eerder soortgelijke lange treinreizen maakte, onder andere naar het casino van Baden-Baden. Wie niet opziet tegen zinnen van anderhalve bladzijde die zich over drie personages in vier tijdlagen uitstrekken en een stuk of zes verschillende gemoedsstemmingen schilderen, laat zich snel meevoeren door Tsypkins proza en verzeilt in een stroom van lyrische, associatieve zinnen die haast hallucinerend werkt. Je verzandt af en toe wel in erg ingewikkeld meanderende delta's, maar daar staat tegenover dat je wordt getrakteerd op prachtige kijkjes in Dostojevski's leven, beschreven met een invoelingsvermogen alsof hier de reïncarnatie van de meester zelf aan het woord is.

Maar nu dat verhullende taalgebruik. Het volvoeren van de liefdesdaad heet bij Tsypkin 'zwemmen'. In het begin knipper je even met je ogen, maar dan raak je eraan gewend. Er wordt door Dostojevski heel wat afgezwommen.

'Eerst nam hij haar in zijn armen, kuste hij haar borsten, en dan begon het zwemmen – ze zwommen met wijde slagen, hun armen gelijktijdig uit het water bewegend om lucht in hun longen op te zuigen, verder en verder van de kust vandaan, naar de donkerblauwe boog van de zee – maar bijna onvermijdelijk belandde hij vroeg of laat in een of andere tegenstroom die hem opzij trok of zelfs terugwierp – hij hield haar niet bij, terwijl zij in hetzelfde ritme haar armen over het water bleef uitslaan en langzaam in de verte uit het zicht verdween – en hij had het gevoel dat hij niet meer zwom, maar in het water spartelde, zijn voeten op zoek naar vaste bodem... Toen het leek alsof er nooit een einde aan het zwemmen kwam en zij elk moment uit het water konden losbreken en al niet meer zwommen maar vlogen, als meeuwen, licht en vrij boven de zee zwevend...' Niet dat het overal zo idyllisch is.

'En hij spartelde hulpeloos dicht bij de waterkant, terwijl Anna in de verte zwom, bijna aan de horizon, waar het diepblauw van de zee samenvloeit met het identieke blauw van de lucht – iedereen, zij ook, lachte hem uit – en hij liet haar alleen verder zwemmen voorbij de horizon, greep zijn kamerjas, liep het vertrek uit, stak een kaars aan, ging aan zijn bureau zitten en begroef zijn hoofd in zijn handen – ja, zij was zijn natuurlijke vijand, daar was geen twijfel aan mogelijk...'

Ik was gecharmeerd van die dromerige, evocatieve beelden, soms zelfs onder de indruk, maar er zit voor de lezer een geniepige bijwerking aan deze manier van schrijven, die de schrijver vast niet voor ogen gestaan zal hebben. Laat ik het zo zeggen: zulke metaforen laten ongewenste sporen na op je perceptie van het dagelijks leven.

Wij hebben een bevriend echtpaar op bezoek dat net herboren van een vakantie in Sicilië is teruggekeerd naar het randstedelijk bestaan. De man zingt de lof van een kleine plaats aan de zuidkust van het eiland.

'Tien dagen paradijs! Een kleine baai met zo'n intiem strandje waar niemand is, weet je wel. Het zwemmen daar, joh! Je weet niet wat je meemaakt. Nog nooit zo heerlijk gezwommen! Van dat rustige, lauwe, olieachtige water.'

Zijn vrouw lacht vertederd. 'Ja,' zegt ze, 'en Bob ís helemaal geen zwemmer! Hij kan niet eens goed zwemmen. Hij zwemt zo'n beetje als een hondje. Hè, schat?'

'Ik heb het nooit goed geleerd,' geeft hij toe. 'Jullie hebben hier allemaal zwemles gehad, maar ik ben opgegroeid in Cairo, daar bestond geen zwemles. Ik heb nooit goed leren zwemmen.'

'Gossie,' zeg ik.

'Als ik zwem, is het meestal even d'rin en d'ruit, meer niet.'

'Maar dáár,' zegt zijn vrouw. 'Hij was niet uit het water te slaan.'

'Goddelijk,' zegt hij, 'nog nooit meegemaakt. Niet in Cairo, niet in Californië, nergens.'

'Hoe heette dat plaatsje?' vraag ik, en ik ga me uit alle macht concentreren op de geografische aanduidingen die nu volgen.

Bedankt, Leonid. Hier zit ik nog wel een poosje mee.

Stadsboerin

Met mijn oudste kat (de moeilijkste, altijd bang en wantrouwig) zit ik in de wachtkamer van de dierenarts. De patient vóór ons, een Ierse setter, komt de spreekkamer uit en krijgt van de assistente een koekje. Pal voor de poezenmand slokt hij het haastig en knarsend op. Voor mijn dikke angsthaas zijn honden de as van het kwaad, dus daar worden geen brokjes maar kattenruggetjes gekraakt en vermorzeld, terwijl het kwijl van het monster op de vloer drupt. Nu zijn wij aan de beurt. Bij het optillen helt de mand sterk achterover; als een zware, harige voetbal heeft mijn kat zich tegen de achterwand geworpen. De dierenarts en ik krijgen haar met vereende krachten op de behandeltafel. Ik houd haar stevig vast en ruik het wonderlijke, sukadeachtige luchtje dat van haar afkomt in dit soort situaties. Ik heb twee schrammen op mijn handen.

'Wat is er met jou aan de hand?' vraagt de dierenarts.

De dikke zwijgt en kijkt mij strak aan, dus ik doe het woord. We eten slecht en lijken aan spierzwakte te lijden. Eergisteren, bij het nemen van het uit drie treden bestaande trapje naar het terras, is ze achterovergevallen – door de eigen hangbuik opgeduwd en omgekiept als het ware – en sindsdien heeft ze de sprong niet durven herhalen. De dierenarts kijkt, voelt, luistert en temperatuurt met als enige bevinding dat mevrouw slecht gepoetste tanden heeft. Val je daardoor achterover van trapjes? Nee, en dat kan ook de oorzaak van het slechte eten niet zijn, maar verder is er niets te vinden. Is er bij ons soms een verbouwing aan de gang? Heersen er stressvolle toestanden? Is er onlangs iemand uit ons huishouden verdwenen of juist bij gekomen? Deze dierenarts heeft veel gevoel voor de kattenziel.

Even later staan we weer buiten; twee blikjes duur, superzacht voedsel in mijn tas om desgewenst met behulp van bijgevoegd spuitje in de bek van felix domesticus in te brengen; hoeft ze alleen nog maar te slikken.

''t Is weer psychisch, hè?' zeg ik tegen het mandje. 'Dat was dan drieëndertig euro vijftig.'

We fietsen naar huis en ik denk aan Rusland. Onlangs berichtte 'onze correspondent in Moskou' in *NRC Handelsblad* dat een energiebedrijf in het oosten van Rusland nieuwe maatregelen heeft aangekondigd tegen mensen die hun gas-en-lichtrekening niet betalen. Men gaat de huisdieren van de wanbetalers in beslag nemen. De orde van deurwaarders in Vladivostok stemt ermee in en wijst alleen op het gebrek aan asiels en stallen om al die honden, katten, koeien en kippen op te vangen. Het energiebedrijf kent de zwakke plek van zijn klanten, want de band tussen de Rus en zijn huisdier is zeer innig, stond in het bericht. Grootmoedertjes die honger lijden, maar hun poes dure Whiskas voeren, komen veelvuldig voor. Sociologen wijzen erop dat Rusland 'relatief recent de omslag van een rurale naar een urbane samenleving maakte. Veel Russen zijn diep in hun hart nog altijd "stadsboeren" die hunkeren naar dierengeur in de huiskamer.' Anderen zien huisdieren als 'emotioneel substituut voor desintegrerende sociale en familiebanden'.

Het artikeltje heeft me niet losgelaten. Zouden ze dat echt doen, heb ik me de afgelopen weken al een paar keer afgevraagd. Voor mijn geestesoog schurken koude parkietjes zich in grauwe loodsen tegen elkaar aan en zitten gegijzelde honden op een spuitje te wachten naast ongemolken geiten. Je leest in de krant zelden hoe het verder gaat met zulke dingen. Kan de correspondent dat misschien binnenkort nog eens melden?

Door het centrum van Amsterdam fietsen en met één hand een zware kattenmand op het achterrekje in balans houden vereist behendigheid en soepele schouderspieren. Soepeler dan de mijne, want op zeker moment houd ik het niet langer vol, wil de mand even naast me neerzetten, maar val daarbij over mijn eigen fiets heen. De mand weet ik nog zonder rotsmak op het trottoir te krijgen, maar ik schaaf lelijk de muis van mijn hand en, door mijn broek heen, een knie.

'Och god, lieverdje,' zegt een passerende oude dame tegen de kat.

Verder maar weer. Tussen trambellen en scootergeknetter door meldt mijn huisgenote met regelmatige tussenpozen dat er in dit mandje geleden wordt.

'We gaan in Vladivostok wonen. Komen ze je ophalen!' roep ik achterom.

Thuisgekomen staan we nog niet voor de voordeur of de mand begint heen en weer te schudden: de zieke is gaan springen. Zodra we in de hal staan, laat ik haar los. Ze vliegt voor me uit, scheurt in één ruk de trap op en zit al aan de huisdeur te krabben als ik bovenkom. Spierzwakte, ja. Binnen vreet mijn emotionele substituut meteen haar vanochtend afgekeurde bak voer leeg, slobbert daarna een bord kattenmelk op, springt op de ombouw van de verwarming en gaat zich uitgebreid wassen. De andere kat (nooit ziek, altijd vrolijk) heeft uit solidariteit wat meegegeten en -gedronken en gaat in de buurt zitten spinnen. Ik spoel het bloed uit mijn broekspijp, plak pleisters op knie en handen, probeer mijn schouders te masseren en ga thee zetten.

De stadsboerin is weer thuis. Het is gezellig in de stal, het ruikt er lekker naar beesten.

Bekentenis

In de nasleep van de presentatie van de nieuwe bijbelvertaling vinden er overal in het land lezingen in boekhandels plaats, waarin vertalers en bij het project betrokken schrijvers iets vertellen over dit gigantische vertaalavontuur. Meer dan tien jaar is eraan gewerkt; de kranten hebben er de afgelopen weken vol van gestaan. Omdat ik het boek Exodus en een deel van de Psalmen als 'meelezer' op hun literaire merites heb mogen beoordelen, houd ik ook af en toe zo'n praatje over mijn leeservaringen.

Dat valt nog niet mee. Ik ben geen bijbelkenner en weet niets van de Hebreeuwse, Aramese en Griekse bronteksten waarmee het vertaalteam zich al die jaren heeft omgeven. De enige grondtekst die ik erbij gehad heb, is de loodzware en diepzwarte bijbel uit 1942, die mijn ouders bij hun huwelijk in '48 kregen. Het boek der boeken lag bij ons vergeten in een kast, want mijn ouders hadden het niet erg op het geloof, totdat ik hem rond mijn veertiende meenam naar mijn kamer. Ik las rijp en groen door mekaar in die tijd, keek niet op een paar bladzijden, en was stevig in de ban geraakt van Dostojevski; zoals bekend een gelovig mens. Als de schrijver van *De idioot* en *De gebroeders Karamazov* in God geloofde, dan stond de Waarheid – waarnaar veertienjarigen altijd driftig op zoek zijn – misschien wel in die bijbel!

De foliant heeft jarenlang naast mijn bed gelegen, is

meeverhuisd naar verschillende studentenkamers in Amsterdam en heeft nog twintig jaar dienst gedaan als verhoginkje onder diverse computermonitors.

Al met al ben ik behoorlijk verknocht geraakt aan dat oude, scheefgezakte boek. Dat realiseer ik me pas goed nu er een nieuwe vertaling is. En niet zozeer verknocht aan het boek zelf, alswel aan de taal van de bijbel, waarmee ieder enigszins geletterd mens van mijn leeftijd of ouder, godsdienstig of niet, nu eenmaal is opgegroeid. Ons cultureel erfgoed, precies.

Tijdens zo'n praatje in een boekhandel blijf ik – bang dat de toehoorders moeilijke vragen zullen stellen als 'Zijn de deuterocanonieke boeken ouder of jonger dan het Nieuwe Testament?', 'Wat is de Septuaginta?' of 'Wat staat er in de Dode Zeerollen?' – op het min of meer veilige terrein van de Nederlandse taal. Al moeilijk genoeg.

Bij een boekhandel in het midden van het land kom ik te spreken over dierbare archaïsmen die nu een nieuw jasje aangekregen hebben. In den beginne is 'in het begin' geworden. Het kindje ligt niet meer in de kribbe, maar in de voederbak, want voor Jozef en Maria was geen plaats in het nachtverblijf; herberg is te Anton Pieckerig bevonden. Men lijdt niet meer aan melaatsheid, maar aan huidvraat – een sterke vondst, trouwens.

Met een zekere wellust weid ik uit over het oude woord 'bekennen' uit de Statenvertaling; bekennen in de zin van de geslachtsdaad volvoeren. 'En Abraham bekende Hagar en hij gewon Ismael.' Uiteraard kun je daarmee niet meer aankomen in modern Nederlands (het woord was overigens in eerdere vertalingen al vervangen), dat snap ik wel, maar ik mis het zo.

Bekennen is weliswaar verheven en plechtig, maar het is ook een poëtisch, innig woord dat zo mooi de betekenis 'je laten kennen aan een ander, samensmelten met een ander' weergeeft; mooier dan het equivalent 'ingaan tot', dat de Statenvertaling eveneens bezigt en dat natuurlijk ook gesneuveld is. Waar moeten we het nu mee stellen? Met het duffe 'gemeenschap hebben met', waar niemand warm of koud van wordt. Een onvermijdelijk, maar pijnlijk verlies.

Na afloop blijven er nog wat mensen bij mijn tafeltje staan napraten.

'Ik vind het wel interessant, die nieuwe bijbel,' zegt een mevrouw, 'maar hadden ze hem niet wat dunner kunnen maken? Hij past niet in mijn tas.'

En een keurig in het pak stekende meneer vertelt me een verhaal over het bijbellezen vroeger bij hem thuis. Hoe zijn vader met de volle vuist tussen de borden sloeg als je zat weg te dromen.

'Maar ik moet u bekennen...' zegt hij op een gegeven moment.

Ik bijt onzichtbaar op de binnenkant van mijn wang en tot hem dringt de dubbele betekenis van wat hij zegt op hetzelfde ogenblik door, dat zie je. Een ontroerend blosje verspreidt zich over zijn gezicht.

'... dat ik er al minstens dertig jaar geen blik meer in geworpen heb,' sluit hij af, zo unverfroren mogelijk.

Ik geniet. Dit is geweldig. De wraak van een onbruikbaar verklaard bijbelwoord.

Ton Rozeman

Brazilië

Ik was drieëntwintig, ik kocht mijn eerste auto, en tegelijk met Wendy nam ik een week vrij. We woonden een paar maanden samen, maar zo heel veel zagen we elkaar niet. We hadden allebei ons werk, allebei onze vrienden. En dus vond Wendy het redelijk om dingen te plannen. Maar ik wilde geen plannen maken, de enige toezegging die ik wilde doen was dat ik er met de auto op uit wilde trekken: ergens in Nederland, ik wilde hem flink op zijn staart trappen. Ik zei dat een vakantie was om geen verplichtingen te hebben, en daar lieten we het bij.

De zondag voor ons weekje vrij hadden we het over Groningen, Wendy had van een collega een paar leuke adressen gekregen, en we besloten het erop te wagen, tenminste, als de weersverwachtingen goed waren. Maar 's avonds zagen we op het journaal dat het alle kanten op kon: zon, warm, regen, onweer, koud. Het leek me beter het nog een dagje aan te kijken, en Wendy gaf me gelijk.

Die maandag bleven we thuis en zochten we op internet naar goedkope hotels. 's Middags werd het toch nog mooi weer, en ik ging met de auto wat rondrijden. Wendy wilde graag mee, maar ik zei dat we de rest van de week nog genoeg samen zouden doen. Ik reed wat door de stad en daarna richting strand. Vanuit de auto staarde ik naar zee.

's Avonds herhaalde zich het gedoe met de weersverwachtingen. Opnieuw bleef het vaag wat het weer ging doen. 'Laten we gewoon morgen vertrekken,' zei Wendy. 'Straks is onze vakantie voorbij en zijn we nergens geweest.' Maar we konden het beter nog even uitstellen, zei ik, wie weet dat het later in de week beter werd, en uiteindelijk legde Wendy zich daarbij neer.

Die dinsdag liep Wendy humeurig door het huis. Het kwam door de warmte, het was zelfs te warm om op het balkon te zitten. 'Zie je,' zei ze, 'had nou naar mij geluisterd.' 'Jij wist dit ook niet,' zei ik, maar ze bleef erover doorgaan, ze wist van geen ophouden. Opnieuw ging ik er met de auto vandoor.

Ik reed wat rond, zomaar, op goed geluk, om uiteindelijk uit te komen bij mijn oude studentenflat. Er lagen opengescheurde vuilniszakken op de stoep, de ruit van de voordeur was gesneuveld, er stonden zo veel fietsen in de hal dat er nauwelijks nog iemand langs kon. De gebruikelijke dingen, ik kende het maar al te goed. Ik moest aan Jenny denken – mooie Jenny, lekkere Jenny. Jenny die mensen op hun rommel aansprak en zei dat ze hun tyfuszooi ergens anders moesten neerflikkeren. Jenny die fietsen uit het portiek sleepte en ventielen opendraaide. Ik had wel eens iets met haar gehad, het stelde niet veel voor, het was voorbij voordat het begon.

Uit haar naamplaatje maakte ik op dat ze er nog woonde. Ik ging weer zitten in de auto en keek naar boven, naar haar kamertje.

Even later kwamen er uit de flat twee meisjes, een jaar of twintig, eenentwintig, allebei blond, ze keken naar me alsof ze zich afvroegen wat ik daar deed. Ik stapte uit en om mezelf een houding te geven belde ik bij Jenny aan, ze was niet thuis. Ik drukte op de bel van Linze, die naast Jenny woonde en een aan-uit-relatie met haar had. Ik wist niet of ik Linze wilde zien, maar misschien vond hij het aardig om mijn auto te bewonderen. Hij hield van auto's, we hadden er vaak over gepraat.

Linze was niet voor auto's in de stemming. Zijn bed was niet opgemaakt, de vloer lag bezaaid met kleding en serviesgoed, hij keek duf uit zijn ogen. En hij had een hoed op, nogal een raar ding, wit met een zwarte rand. Misschien had hij het artistiek bedoeld, maar het stond hem niet. Ik zei dat ik een auto had gekocht. Hij ging er niet op in.

'Tentamens?' vroeg ik. Hij staarde voor zich uit. Toen zei ik dat hij toch echt even naar beneden moest gaan om mijn auto te bekijken. Maar hij ging niet mee naar beneden, hij deed alleen het raam open en keek naar buiten. 'Die daar?' vroeg hij. 'Geinig wagentje. Helemaal geen miskoop.'

Hij ging weer zitten en zette zijn hoed af. Ik vroeg hoe het met Jenny was. 'Jenny,' zei hij, en hij schudde zijn hoofd. 'Hou op, schei uit. Ik heb vannacht geen oog dichtgedaan. Gisteravond heeft ze een feestje gehouden. Ik bedoel: we hebben een feestje voor haar georganiseerd. Het was nogal een toestand.'

Hij vertelde dat Jenny overmorgen voor een halfjaar naar Brazilië ging en dat ze tot die tijd bij haar zus logeerde. Hij vond het belachelijk, niet alleen omdat ze geen idee had wat ze in Brazilië ging doen, maar vooral omdat ze de laatste tijd nogal de beest uithing. 'Ze is veranderd, je kent haar niet meer terug. Sinds ze weet dat ze naar Brazilië gaat, duikt ze met Jan en alleman in bed.'

En inderdaad, zo kende ik Jenny niet. Ze had eens een paar nachten op mijn kamer doorgebracht nadat het voor de zoveelste keer uit was met Linze. Ze kon niet tegen alleen zijn, ze kroop bij mij in bed. Maar ik mocht haar niet aanraken. Toen ik dat wel deed, zei ze dat ze ongesteld was en dat ik 'daar' van af moest blijven. 'Je bent helemaal niet ongesteld,' zei ik, maar ze zei dat ze dat zelf wel uitmaakte, en ging terug naar haar kamer.

Ik bleef nog een tijdje luisteren naar wat Linze over haar te vertellen had, maar er was verder geen nieuws, hij herhaalde dat ze met iedereen de koffer indook. Ik stond op en liet de autosleutels aan mijn wijsvinger bungelen. 'Ik zie je wel weer,' zei ik.

Terug in de auto staarde ik naar boven, naar de kamer van Jenny, maar er was nog steeds niets bijzonders te zien. Dat wil zeggen: er was niet te zien dat ze nu ineens met Jan en alleman naar bed ging. Het waren dezelfde gordijnen, en ook de planten in de vensterbank kwamen me bekend voor. Ik gaf gas en reed richting huis.

Het verhaal van Linze bleef door mijn hoofd spoken, ik begreep niet wat Jenny bezielde, en na een tijdje toetste ik het nummer van haar mobiel. De Jenny die ik aan de lijn kreeg, klonk niet als iemand die een leuke tijd tegemoet ging. Ze zei dingen als: 'Ik heb a gezegd, nu moet ik ook b zeggen' en 'Ja natuurlijk ga ik. Ik heb mijn ticket hier liggen. Weet je wat zoiets kost?' Zo ging ze maar door, ik kreeg amper de gelegenheid iets terug te zeggen.

Toen ik uiteindelijk kon vragen of ik haar nog even kon zien, zei ze dat het goed was. 'Maar ik houd het kort hoor,' zei ze. 'Je hebt geen idee wat er allemaal bij komt kijken.'

Ze zag er mooi uit, ze droeg een wit jurkje, zomers, haar figuur kwam goed tot zijn recht. Ze nodigde me niet uit om binnen te komen, ze bleef maar in de deuropening staan.

Ze begon weer over Brazilië, ze had gisteravond een verhaal gehoord van iemand die daar overvallen was. 'Een klap op zijn achterhoofd in een donker steegje. Een paar uur later werd hij wakker in een ziekenhuis: geld weg, papieren weg, horloge weg, alles weg.’ Ze had ook gehoord van een meisje dat daar was verkracht door een jongen die haar eerst een drankje had aangeboden. En er was nog veel meer, ze zei dat ze wel vijf of zes dingen had gehoord van mensen die er waren geweest en wisten waar ze over spraken. ‘Vanmorgen heb ik nog geprobeerd om de vlucht te annuleren. Maar daarvoor heb je een medische verklaring nodig en mijn dokter wil die niet geven.’ Ze ging er een tijdje over door en ik hoorde het aan. Toen zei ik dat ze zich niet zo druk moest maken en dat ze beter nog even kon genieten van het mooie weer. ‘Ga mee naar het strand,’ zei ik. Ze keek me aan alsof ik niet goed bij mijn hoofd was.

‘Misschien heb je gelijk,’ zei ze toen.

In de auto was ze stil, ze stak een sigaret op en staarde voor zich uit. Het was nogal een verandering, die stilte, ik dacht dat ze er spijt van had dat ze mee was gegaan. Ik wist niet goed wat ik moest zeggen, ik glimlachte een paar keer. Toen zei ik dat Linze een hoed droeg. ‘Een hoed?’ vroeg ze. Ik vertelde hoe hij eruitzag. Ze zei: ‘Die heeft hij van mij gekregen in Berlijn.’ De rest van de rit luisterden we naar de radio. Eén keer ging mijn mobiel – ik zag dat het Wendy was en nam niet op.

Ook op het strand zei ze nauwelijks iets. We liepen langs de vloedlijn, ze hield haar sandalen in haar hand. Ik dacht dat ik iets moest zeggen, een verklaring moest geven waarom ik hier met haar liep, maar ik kon niets bedenken.

Het was druk voor een doordeweekse dag. De meeste mensen lagen in zwemkleding te zonnen, Jenny en ik droegen als enigen gewone kleding, en even dacht ik dat het daardoor kwam dat we werden nagekeken. Maar het waren vooral mannen die keken, en ze keken niet zozeer naar mij als wel naar Jenny, het had iets met haar witte jurkje te maken, met haar manier van lopen.

We kwamen langs een strandtent. 'Laten we iets drinken,' zei ik, en even later zat ik met haar op een terras. Ik dronk een biertje, zij keek om zich heen, ze had niets willen bestellen, ze herhaalde dat ze eigenlijk nergens tijd voor had, toch staarde ze naar de menukaart. Ik begon maar om me heen te kijken, en weer zag ik dat de mannen interesse voor haar hadden. De jongen achter de bar stond met een meisje te praten, maar zijn blik ging om de paar seconden naar Jenny. Een oude man op het terras zette zijn stoel anders neer om haar beter te kunnen zien.

Ik vroeg me af of ik haar er iets over moest zeggen.

'Voel je je vrij nu?' vroeg ik toen maar.

'Vrij?' vroeg ze.

'Omdat je naar Brazilië gaat.'

'O bedoel je dat,' zei ze. Ze schudde haar hoofd.

'Je hoort wel eens dat mensen eerst nog even de beest uithangen voor ze een grote reis gaan maken.'

'Wat is dat nou weer voor onzin?'

'Ik weet het ook niet,' zei ik. 'Ik zeg alleen maar wat ik wel eens heb gehoord.'

Ze kreeg een kleur, ze keek de andere kant uit. Daarna bestudeerde ze weer de menukaart.

'Zullen we maar eens gaan?' zei ze. 'Als ik denk aan wat ik nog moet regelen word ik compleet gek.'

Ik zei dat ik dat okay vond maar dat ik eerst even naar de wc moest.

Toen ik op de wc mijn broek losknoopte had ik een beginnende stijve. Het moest iets te maken hebben met de warmte en het strand. Ik ging op de bril zitten en dacht aan Jenny. Ik dacht aan al die mannen die naar haar keken. Ik had hun blikken gezien, ze waren niet mis te verstaan. Er groeide iets tussen mijn benen.

Toen zag ik voor me hoe ze zich overgaf aan die mannen, aan allemaal, hoe ze haar allemaal mochten nemen, hoe ze smeekte om meer, meer, meer. Ik streelde mijn hard geworden geslacht. Al snel kwam ik klaar in een haastig afgescheurd wc-papiertje.

Toen ik van de wc kwam, bleef ik bij de bar naar haar staan kijken, ze zat met haar rug naar me toe. En nu pas kon ik haar zien zoals ze was.

Ze mocht dan wel een wit jurkje dragen en aandacht trekken, eigenlijk was ze niets bijzonders. Gewoon een van die duizenden meisjes die niet weten wat ze willen, niet weten of ze willen werken, of ze willen studeren, of ze een vriend willen, of ze een wereldreis willen maken, of ze wel of niet met een man naar bed willen. Ik kende dat soort.

Aan de bar betaalde ik onze drankjes en liep via een zijuitgang het strand op. Ze zat nog steeds met haar rug naar me toe, ze zag me niet. Over het mulle zand liep ik terug naar de auto, een paar keer keek ik om naar de strandtent. Het leek erop dat ze niets in de gaten had en nog steeds op me zat te wachten.

Op de terugweg naar huis zette ik de radio aan, ik zocht wat zenders af. Ik viel midden in een weersverwachting en zette het volume harder. De vooruitzichten waren nog steeds niet zonder meer positief. Het zou zonnig worden en achtentwintig graden, maar er was een aanzienlijke kans op onweer en regen.

Op mijn mobiel toetste ik ons nummer.

'Ik maakte me ongerust,' zei Wendy.

'Ik ben onderweg,' zei ik. Toen vroeg ik of ze de weersverwachting al had gehoord. Ik vertelde dat het schitterend weer ging worden en dat het met de buien wel zou meevallen. Ik zei dat we de volgende dag naar Groningen zouden gaan. Ik zei dat ik er zin in had.

Martin Schouten

In de stilte van Brussel

De vraag is: is er een hiernamaals? En dan is de vraag: is er koffie in het hiernamaals? En dan is de vraag: is die koffie giftig? En dan is de vraag: als we sterven in het hiernamaals, waar gaan we dan heen?

Dat vroeg in de August Ortsstraat een jongen met een rood petje aan zijn publiek. Hij speelde trompet en stond aan het hoofd van een rhythm-and-bluesband, op het straatfeest van de krakers van Hotel Central en aanpalende appartementen. Hotel Central staat, vijf hoog, tegenover de Beurs. Een gebouw van rond 1900 dat al jaren leegstaat, net als de appartementen die ertegenaan zijn gebouwd. De winkels onder in dat blok zijn dichtgetimmerd. Alleen McDonald's doet er nog zaken, een kapper, een dancing en de Friture Bourse. De *friturepatron* kan je nog vertellen hoe het hier tien jaar geleden was: overal zaakjes, voor de slager stonden ze in de rij en nu, meneer, u ziet wat ervan geworden is.

De krakers hebben op de stoep rond het complex een gele lijn geverfd, zoals ze dat ook hebben gedaan rond de ruim 28 andere 'stadskankers' in het hart van Brussel. Samen zijn die kankers 25 voetbalvelden groot en twee daarvan liggen in het Centralcomplex. Dat symboliseert het hiernamaals van Brussel sinds de Antwerpse diamantair Engelstein het Centralcomplex tien jaar geleden kocht en de huurders verjoeg.

'Ze wilden dit helemaal afgooien,' zegt Antje. Ze is een

van de krakers, een klein meisje dat van onder haar lefpet de grote wereld wel aankan. Ze neemt me mee het gebouw in en ik zie het appartement dat de krakers in een etmaal weer bewoonbaar hebben gemaakt. 'Maar de andere appartementen zijn net zo goed,' zegt Antje. We lopen door gangen, klauteren door ramen, duwen deuren open en komen onszelf tegen in verweerde spiegels. Opeens staan we in een verwarmd appartement. Is dat nog bewoond? Als we door een raam op een afdak zijn gestapt, verschijnt voor een ander raam een man die op hoge toon vraagt waarom er nooit meer iets aan het onderhoud wordt gedaan. In andere appartementen vinden we verbrijzelde deuren, smerige dekens, matrassen, bierflesjes en andere sporen van zwervende bewoning. Antje zegt: 'Ik kom op straat mensen tegen die zeggen: ik heb dit gekraakt.'

In het hotel brandt nog licht en de lift beweegt als je op het knopje drukt, maar we nemen toch liever de trap. In kamer 410, met uitzicht op de Beurs, raap ik een rekening op van Theodoropoulos, te betalen door de Sabena. Aan de muur een kalender uit 1989, afgescheurd tot juli, en op een tafeltje een pakje Durex Coral 12 + 1 extra. Het pakje is leeg, ja, wat moet je ook met een condoom in het hiernamaals van Engelstein? Antje neemt me mee naar 'het dienstenverdiep', waar we de lucht van oud roest opsnuiven bij de 'liftbok', een kamer vol nieuwe wc-potten zien, het dak op klauteren en over Brussel uitkijken, naar de kerken en de torens die in de verte schemeren en heel die huizenzee daarachter en de Beurs vlak voor ons. 'Het is,' zegt Antje, 'een ongelooflijk cadeau hier te mogen komen.'

Oude dames in volle oorlogsbeschildering, een bontjas aan en een hondje op de arm, zie je veel in Brussel. Jou zien ze niet, welnee, ze hebben het veel te druk met hautain te kijken door hun bril met donker montuur. Je ziet ze op straat in de middag en je ziet ze achter de oesters in de Falstaff, achter een glas rode port in de Cirio of in de Metropole achter een taartje. Ze proberen iets te bewijzen, maar wat en aan wie? Ze zijn zo alleen, die dames met hun bontjassen en hun brillen en hun deftigheid, ondanks hun hondjes.

Een ander soort oude dames gaat 's middags bij Zinneke dansen of bij l'Aquarium. Die dragen geen bont en hebben geen hond, ze komen aarzelend en dapper binnen, in de hoop op een man die met ze wil dansen. Daar wilde ik dus ook heen om te dansen met zo'n heldin, maar ik was geen held en ik ben door de kou van Brussel naar de Kapellekerk gelopen om een kaarsje te branden voor alle eenzame oude vrouwen van Brussel.

Onze-Lieve-Vrouwe van de Eenzaamheid staat er in een zijkapel, en als je haar een keer gezien hebt vergeet je haar nooit meer. Een Mariabeeld, jawel, maar geen Maria zoals je die kent van de kerken en de plaatjes die je al zo vaak hebt gezien. Geen Maria die blij het bericht hoort van de engel die haar aanzegt dat ze de Verlosser mag baren, geen tedere Maria met kind en ook geen treurende Maria met haar dode zoon op schoot, nee, een eenzame Maria die dat alles achter zich heeft en weet dat het allemaal boerenbedrog was. Achter haar hoofd hangt een wat opgezwollen Christus. Onder haar voeten ligt een lam. Ze heeft er geen boodschap aan, ze weet dat het leugens zijn, zoals ze zelf een leugen is. Ze heeft kleren aan, natuurlijk, Maria heeft altijd kleren aan, een naakte Maria is nog nooit afgebeeld, maar dat zijn dan altijd kleren van hout of steen, van hetzelfde materiaal als waaruit zij is gehouwen. Deze Maria steekt haar treurige houten kop en haar gevouwen houten handen, als een etalagepop, uit een gewaad van grauwe zijde. Ze is vier eeuwen oud, door Spaanse soldaten hierheen gesleept,

Nuestra Señora de la Soledad, deze Lieve-Vrouwe die de soldaten hopelijk wat minder eenzaam maakte in een vreemd en ver land waar ze haar achter moesten laten. En nu staat ze hier al die tijd. Maar vergaat die zijde dan niet? Moest die niet zo nu en dan vernieuwd en tenminste regelmatig gewassen worden? Is alles aan dat beeld niet vals? Ja, zij is een fee van de onwaarachtigheid en van het verdriet daarover en daarin is ze echt, als de schreeuw van een vrouw die zich van een hoog dak naar de dood stort, al is dat een gedachte die ook wordt ingegeven doordat ze wat voorover neigt en bijna van haar sokkel dreigt te storten. Maar waarom ontroert ze me zo? Is het haar valsheid die me raakt? Of is het juist de echtheid in die valsheid?

In ieder mens woont een krijtwit, verongelijkt kind. Dat wil eruit als het even tegenzit in het leven: zie je wel, niemand houdt van me, iedereen zit me dwars, ik krijg ook geen eerlijke kans, ik sta er alleen voor, nou ja, en zo meer. Ja, zegt Onze-Lieve-Vrouwe van de Eenzaamheid, je staat er ook alleen voor, alles is je uit handen geslagen, net als bij mij, maar ik sta nog overeind en wat klaag jij nou? Zij staat je op te wachten waar de troost en het bedrog van de godsdienst ophouden, ze is een grauwe fee die je geen beter leven belooft in het hiernamaals. Ze zegt: Dit is het, man, en je kunt het wel aan, zijn we dan geen flinke kerels? Ik brand een kaarsje voor haar, maar de koster zegt dat de kerk sluit en blaast mijn kaarsje uit en Onze-Lieve-Vrouwe van de Eenzaamheid blijft bij me als ik onder de grond ga in het metrostation Naamse Poort.

Au Laboureur is een volkscafé in de Vlaanderenstraat, gedreven door een oude waardin en haar wollige hond. Ik werd er langzaam dronken en sloot vriendschap met de hond.

Il aime les zatlaps, zei de waardin.

Ik probeerde me voor te stellen hoe het was om een hond te zijn die van zatlappen houdt en schreef dit:

Ik zat in Au Laboureur en zag mezelf
Ik was zwart en kwispelde als iemand me aaide
Il aime les zatlaps, zei de waardin
Ik had jeuk en krabde me
Ik blafte en kreeg te eten: Tu sera tranquille, hein
Ik duwde mijn snuit in het kruis van een vrouw
en kreeg een duw: Pas op, hè!
Daarna zette ik mijn tanden in een portemonnee
en ik hoorde iemand tegen mij zeggen:
Monsieur, monsieur,
je vois passer
tout mon
argent.

Brussel is op zijn best in de winter. Alles wat er leuk is, is er vooral dán leuk. De warme cafés, de kraampjes met dampende wafels en het straatbeeld waarin zich een gezette man beweegt met op zijn kop een hoed met een veer.

Da's d'n Roland. Die speelt de blues.

Waar speelt hij?

Da's nie te zeggen, hè.

Brussel heeft geen bluesscene, maar wel een bluesman, en die zie je vooral in de winter voorbijkomen, als je zit in De Cocq, bij de toneelspelers die je vrienden zijn. Dan wijzen ze je hem aan, als hij aan de overkant langskomt, met zijn hoed en zijn zwaar-lichte tred.

Da's d'n Roland.

Brussel mag dan geen bluesscene hebben, nee, Brussel wórdt een bluesscene als je Roland langs ziet komen, met zijn hoed en zijn zware, maar toch verende tred. Hij brengt de straat tot leven, alsof die een gitaarsnaar is die hij aantokkelt. Je wilt hem meteen horen, die bluesman, zoals hij over straat loopt, zo zal hij ook wel spelen. Roland, dat zie je meteen, heeft soul & all that it takes to be a bluesman in Brussels, he got it, man, ja, waar kun je hem horen?

Tram 55 heeft als bestemming STILTE/SILENCE en daar wou je al lang eens het fijne van weten. Op een mooie zondagmiddag stap je dus eindelijk eens in en na een paar haltes zit je onder de Brusselse grond, waar je na een slordig dozijn haltes weer uit opduikt en dan gaat de rit verder omhoog, een buitenwijk in met deftige flats, tot je HOOGTE 100 bereikt, ALTITUDE 100, een pleintje waar de burgerij op terrasjes heeft plaatsgenomen om te overleggen over de volgende bestelling.

Dan gaat de tram weer omlaag. Net als de huren, zo te zien. De huizen worden eenvoudiger, dorpser, en de haltes hebben er namen als Xavier de Bue, Globe, Rittweger, Herinckx, Kalevoet, Engeland en Gulden Kasteel – woorden uit een bijna vergeten verhaal dat lijn 55 nog eens oprakelt: hoe de ridder Xavier de Bue rond de globe trok, door het beruchte duo Rittweger en Herinckx werd uitgeschud en van zijn schoenen ontdaan, waarna hij als Kalevoet bekend werd en in Engeland eindelijk bij het Gulden Kasteel kwam, waar hij zijn geliefde Silence in de armen kon sluiten. Maar dan is de rit uit en Silence, ach, dat is ook maar een woord op een haltebordje. Aan de overkant staat een garage en in de rug word je gedekt door een schoonheidssalon, terwijl een stroom auto's over kinderhoofdjes de stad uit jakkert: ratatat, vroem, ratatat. Is dit de stilte die lijn 55 beloofde? Je zoekt naar de woorden die het verhaal af kunnen maken en leest wat er staat op een putdekseltje in het trottoir: Lovink Terborg. Ach, helemaal uit Terborg gekomen om hier te gaan liggen, dat is ook een wonderlijke eindbestemming voor het Achterhoekse ijzer van meneer Lovink. Zou die Kalevoet daar ook een beetje treurig van zijn geworden? Maar Kalevoet was een flinke kerel en ook jij kijkt maar weer eens kwiek om je heen. Aan de kop van een zijstraat staat het bordje AVENUE DU SILENCE/STILTELAAN. Je slaat die laan in en na een paar meter wijkt het verkeersratata voor geritsel van dorre bladeren, geblaf van een zondagse hond en de melancholieke zang van een cirkelzaag. Aan het eind van het laantje doet café Le Silence zijn naam eer aan: de deur is dicht en de stoelen staan er op de tafels in een schemerig interieur. Kan de wereld er nog stiller uitzien? Jazeker, want tegenover het café ligt een begraafplaats.

Daar klinkt de stilte naar grind onder je voeten, naar drie duiven die met veel geraas opstijgen uit een boompje en naar oud bloemencellofaan dat in de wind rusteloos van zijn ene op zijn andere kant gaat liggen en de slaap maar niet kan vatten. Kan het nog stiller? Ja, want bij de begraafplaats hoort een crematorium en de as van de overledenen wordt er verstrooid op een grasveld. Niet nu, nee, niet op zondag, maar je kijkt naar het bordje VERSTROOIINGSVELD en je stelt je voor dat jij daar in het gras ligt, dat is pas stil. Maar zo stil wil je het nog niet hebben. Je gaat weer terug met lijn 55, trekt Kalevoet zijn schoenen weer aan en rijdt naar het andere eindpunt, dat VREDE heet. Daar neem je plaats op het terras van Café de la Paix, laat je een *gueuze* brengen en kijkt naar een vrouw die langzaam met een mand vol was naar de wasserette loopt. Ze beseft niet dat je haar innig omarmt.

(1995)

De koningin van Mali

Het busje zette me rond het middaguur af in een dorp aan de zuidgrens van Mali.

'Je bent er,' zei de chauffeur, 'dit is het.'

'Als je straks teruggaat,' zei ik, 'wil ik weer mee.'

'Vandaag ga ik niet meer terug,' zei hij.

'Maar ik wil straks wel terug,' zei ik. 'Hoe los ik dat op?'

'Ik denk niet,' zei hij, 'dat er vandaag nog iemand de andere kant op gaat.'

Het busje verdween en ik stak de zanderige dorpsstraat over naar een winkeltje waar een verlegen vrouw me een koud flesje cola verkocht. Daar ging ik mee op haar stoep zitten, in een reepje schaduw. Aan de overkant waren drie mannen bezig een vrachtauto te repareren, gadegeslagen door een oude man die een paar meter naast me onder een afdak zat en op den duur in slaap viel. Na een poosje slenterden wat geiten langs en daarna kwam een jongetje mij bekijken, maar toen ik naar hem lachte, liep hij gauw weg. Ik ging eens verzitten en trok mijn overhemd los van mijn bezwete rug.

Met dat overhemd was het eigenlijk begonnen, dit onbezonnen avontuur. Ik stond het te strijken terwijl ik naar een net aangeschafte verzamel-cd met Afrikaanse muziek luisterde. Die ging het ene oor in en kwam rustig het andere oor weer uit, tot er opeens een vrouwenstem over de strijkplank aan kwam zweven die de haartjes op mijn rug overeind joeg. Alsof ik Billie Holiday voor het eerst hoorde! De zangeres kwam uit Mali, heette Oumou Sangaré en bleek een grote vedette in West-Afrika sinds ze daar in 1989 was doorgebroken met een ballade over de lichamelijke liefde:

Mijn liefde, wacht hier op me, het is vreselijk koud
Ja, de kou is zo groot
O god, de kou is hier erg
Als ik kou zeg, bedoel ik niet de kou van de regen
Als ik kou zeg, bedoel ik niet de kou van het koude seizoen
Als ik kou zeg, bedoel ik niet de kou van de regentijd
Als ik kou zeg, bedoel ik de koude hitte van de liefde.

Ik boekte dus een vlucht naar Mali, waar ik onderdak vond in een hotelletje in de hoofdstad Bamako. Met de receptionist praatte ik over Oumou Sangaré en de streek waar zij en haar muziek vandaan komen.

'O ja,' zei hij, 'in Wassoulou zingt iedereen. Zoals in Nederland iedereen zeeman is. Jouw haar is toch zo wit omdat het is gebleekt door het zout van de zee?'

Maar als ik dan echt zo nodig naar Wassoulou moest – wat blijkbaar zelden in een toerist opkwam – wilde hij me wel uitleggen dat ik eerst de bus moest nemen naar Bougouni en dat ik daar misschien dan wel een busje zou vinden naar Yanfolila, de hoofdstad van Wassoulou. In een dag kon ik op en neer, zo ver was het niet.

In het busstation van Bamako werd door diverse ijverige functionarissen aan me getrokken om me een geschikte bus in te krijgen, maar in Bougouni duurde het een uurtje tot bekend was dat die witharige blanke er geld voor overhad om naar Yanfolila te worden gebracht. Dat kwam goed uit, want een paar streekbewoners wilden eigenlijk ook wel die kant op en dus reed er die dag alsnog een busje Wassoulou in. Onderweg moesten hier en daar bekenden, vrienden en familie worden begroet en dan draaide het busje een dorpje in, stopte tussen ronde lemen hutten met puntdakjes van stro, waarop het dorp uitliep om iedereen de hand te schudden en te zeggen: 'Bonjour! Ça va?' 'Oui, ça va! Très bien!' Kinderen namen me verbaasd op en wreven over mijn arm om te zien of dat wit er niet af kon. Maar nergens hoorde ik iemand zingen, of het moest zijn uit een radio die in de verte stond te spelen. De mensen hadden nu even andere dingen aan hun hoofd, er was net ergens een koe geslacht en daar kon je nu dus vers vlees kopen voor een schappelijke prijs. Daar ging het busje op af en toen we oog in oog stonden met het door vliegen omzwermde koeienkarkas vroeg de chauffeur me verbaasd: 'Koop jij niks?'

Uit zo'n dorp met lemen hutten – Madinadjassa genaamd – kwam Oumou Sangaré.

Heb je de roep niet gehoord van de
Wassoulou Nachtegaal?
Van de kleine sirene van Madinadjassa?

De savanne dacht er sterk over om in bos te veranderen. Maar dat werd een eentonige gedachte, want het bos bleef aarzelen. Door zo'n landschap reden we. Over een rode stofweg die hier en daar was afgezet met lege oliedrums, en dan zaten er aan de kant mannen in uniform. De chauffeur liep eropaf en wij, zijn passagiers, moesten naar die mannen zwaaien, dat was voor iedereen het beste, en dan mocht de middelste oliedrum opzij. Zo bereikten we eindelijk Yanfolila.

Niemand zong, niemand zei iets tegen me en iedereen ontweek mijn blik. Ik dronk mijn flesje cola, onderdrukte een boer en beluisterde het knorren van mijn maag. Een eindje verderop in de dorpsstraat zag ik een bord dat naar een zijweg wees. Hotel tanti j'ai faim! stond erop. Ik zag er in de verste verte niets wat op een hotel leek, probeerde hier en daar mensen die voor een huisje zaten tevergeefs een wedergroet te ontlokken en werd opeens benaderd door een man in een fladderend blauw gewaad.

'Ça va?'

'Oui, ça va! Et vous?'

'Très bien!'

Kwam hij me een hotelkamer en een maaltijd offreren? Hij bracht me bij een groepje vrouwen dat in een kring onder een boom zat en ik moest iedereen de hand drukken, wat tot veel gelach leidde en de uitnodiging erbij te komen zitten. Dat wilde ik wel, maar ik bekende dat ik eigenlijk op zoek was naar vervoer terug naar Bougouni. Dat viel te regelen, zei de man in het blauw en hij liep met me terug naar de dorpsstraat, terwijl hij zei dat het eigenlijk een schande was dat ze hier nog geen spoorwegstation hadden en daar weidde hij zo driftig over uit dat het me wat begon te duizelen. Hij groette intussen dorpelingen met de mededeling dat hij nu even geen tijd voor ze had omdat hij aan de wandel was met 'mon blanc'.

We streken neer bij het benzinestation om met de pomphouder thee te drinken, de koers van de gulden door te nemen en te wachten op een auto naar Bougouni. Mijn nieuwe vriend voerde een telefoongesprek met zijn linkerhand tegen zijn oor en de pomphouder vroeg of ik ook Engels sprak. Dan kon hij me onthullen dat mijn nieuwe vriend crazy was en sprak met zijn denkbeeldige vrouw in Europa.

'Nee,' zei de gek, 'ze zit nu in Amerika.'

Luister, mensen op de hele wereld, de stem van
Oumou uit Wassoulou weerklinkt, ja!
Oumou Sangaré houdt je in haar ban.

Fluweel, hout en metaal zijn de materialen waaruit haar stem lijkt te bestaan. Rijk, strak en wendbaar schiet ze door alle registers. Elke noot een verhaal. Zo dwingt ze tot luisteren, neemt ze je mee in haar Wassoulou-sound.

Het is een muziek die afwijkt van die in de rest van Mali, had ik in Bamako gehoord van Oumous arrangeur Massamboe Wele Diallo. Ik trof hem in het Institut National des Arts, waar hij als zangleraar werkt. Een vredige ochtend lang had ik hem daar opgewacht, op een binnenplaats waar een vrouw vis aan de man bracht in een zwerm vliegen waar door hagedissen op werd geaasd.

Diallo was in de muziek beland tegen de zin van zijn ouders, omdat het muzikantenvak in Mali traditioneel was voorbehouden aan bepaalde families – die van de griotten. De rest van de bevolking keek een beetje neer op die lui, die aan de kost komen met lofzangen aan het adres van voornamere types zoals Diallo's vader. Maar in Wassoulou was dat anders, daar zingt iedereen.

De muziek van Wassoulou is pentatonisch, ze bestaat uit een toonladder van vijf noten: do re mi sol la. Het voornaamste instrument is de *kamelngoni*, met zes snaren voor elk van die vijf noten en de verdubbeling van de do in het hogere octaaf. Die pentatoniek komt overigens meer voor in Afrika en is waarschijnlijk een van de bronnen geweest voor de *blue notes* in de jazz, toen de slaven deze toonladder combineerden met het Europese do re mi fa sol la ti do. De kamelngoni begeleidt de zang melodisch, maar markeert ook het ritme, dat bovendien wordt geaccentueerd en verrijkt door een trommel, de djembé. Dat ritme is driedelig (tatata), maar krijgt een soort vierdelig tegenritme van een kleine metalen schraper. De combinatie van een driedelig en een vierdelig ritme is de basis van wat swing wordt genoemd, en de Wassoulou-sound heeft een triolenfeeling, die kenmerkend is voor veel jazz. Dat alles had mij waarschijnlijk aangesproken in de Wassoulou-sound: dat het veel weg had van iets wat ik kende, maar verschoven, betoverd, opgefrist.

'Het past allemaal zo in de jazz,' zei Diallo. 'Maar waar het echt op aankomt, wat je raakt, is het gevoel dat de zangeres overbrengt. Daar reageert het orkest op. De musici luisteren naar wat de zangeres wil zeggen en gaan daarin dan mee. Het is de stem die leidt en zij volgen de bewegingen van de stem.'

Bespeel je snaren zachter, mijn waarde muzikanten
Niet elke vrouw baart een ster
Oumou Sangarés moeder, Minata, baarde een ster
Moeder, dank de heer
De tournees zijn een succes geweest voor de zangvogel
De Belgische, Duitse en Londense tournees waren een succes voor de zangvogel
De Amerikaanse en Nederlandse waren ook een succes voor Oumou
Prijs God
Laat de snaren van je gitaar spreken Boubacar Diallo.

In Yanfolila was intussen alom bekend geworden dat die blanke bij de benzinepomp er geld voor overhad om terug te worden gebracht naar Bougouni. Ik had al aan de pomphouder gevraagd wat een taxi zou kosten. 25 000 Afrikaanse francs luidde het antwoord, want die taxi komt uit Bougouni en je moet ook de heenweg betalen. Dat is wel veel geld, zei ik, omdat ik niet meteen de patser wilde uithangen die 25 000 francs (ongeveer 35 euro) overhad voor een rit van tachtig kilometer. Nee, ik wachtte wel tot er misschien nog een busje langskwam.

Er kwam zowaar een busje langs en ik holde eropaf, maar de busboy deed nee met zijn wijsvinger: er kon niemand meer bij, het ding was afgeladen. Een volgend busje viel vandaag niet meer te verwachten, zei de pomphouder. Wat nu?

Een jongen op een brommer scheurde na een tijdje op ons af. Hij vertegenwoordigde een autobezitter uit Yanfolila die eventueel bereid was me naar Bougouni te brengen.

'Daar moeten we over onderhandelen,' zei de pomphouder, 'en ik stel voor om in te zetten op 5000.'

'Oké,' zei ik.

'Deze meneer,' zei de pomphouder toen tegen de brommerboy, 'is bereid om 25 000 te betalen.'

Ik deed maar of ik het niet hoorde en de brommerboy ging het aan zijn baas vertellen. Daarop raakte 'mijn neger' weer in gesprek met zijn vrouw in Amérique, die Erique bleek te heten, terwijl hij intussen ook contact had met een zekere Elisabeth in Beiroet. Maar in mijn hoofd ging ook het nodige om, ik dacht aan een lied van Oumou Sangaré:

Ik breng de groeten van de avond
Aan jou, Dégoga Amadou
Ik dank je
Zoals alle mensen van Wassoulou je danken
Voor de auto die je me gaf.

Ze wist niet wat haar overkwam, zei Oumou Sangaré toen ik haar in Bamako had opgezocht en over dat liedje begon. Ze had toen net haar eerste cassette opgenomen in een studio in Abidjan, de hoofdstad van Ivoorkust, en ze had niet speciaal voor hem gezongen, maar voor iedereen, en hij had haar een auto gegeven: 'De eerste keer dat iemand mij een auto gaf!'

Het was nog niet de robuuste Toyota Intercooler 4 x 4 die nu op de binnenplaats stond van haar huis in een buitenwijk van de hete hoofdstad. Een koele binnenplaats met bomen, kippen, kinderen, vrouwen en een man in hangmat. Daar ontving ze me, nadat ik er even had mogen wachten om haar opkomst in vol ornaat tot me te kunnen nemen, met thee en sympathie voor die vreemde man die speciaal voor haar voor het eerst van zijn leven naar Afrika was gereisd. En dat ik haar liederen kende, ach wat aardig! Natuurlijk had ik niets verstaan van wat ze zong, maar in de cd-boekjes stonden vertalingen in het Engels. Zij sprak geen Engels en dus gaf ik in het Frans ten beste wat me aan haar kunst beviel, zoekend naar woorden, verlegen als een jongen die zijn idool ontmoet, me verontschuldigend voor mijn slechte Frans. 'Mijn Frans is ook slecht,' stelde ze me op mijn gemak, 'ik spreek eigenlijk alleen Wassoulou-ké.' Dat was de taal waarin ze haar liedjes schreef en het eerste, ach haar eerste liedje, wat aardig dat ik daarnaar vroeg, had ze geschreven toen ze een meisje van veertien was.

'Dat heb ik geschreven voor mijn vader. Omdat mijn moeder en mijn vader gescheiden zijn toen ik twee was. Mijn vader is toen naar Ivoorkust gegaan en ik had hem nooit meer gezien. Ik zat alleen in mijn kamer, ik heb een schrift gepakt en ik heb geprobeerd iets te schrijven voor mijn vader en dat heb ik toen voor hem gezongen, helemaal alleen in mijn kamer. Ik was bang dat mijn moeder het zou horen omdat ze heel boos was op mijn vader. Ik heb gezongen, gezongen en gehuild, voor mijn vader. Het was vol emotie, heel persoonlijk. Ik heb het nooit in het openbaar gezongen, maar ik zing het soms nog. Het is zo treurig, zo ontzettend treurig. Ik heb God gebeden: wanneer zal ik mijn vader een keer zien? Dat was een probleem voor me, want ik zag alle kinderen met hun vader, maar ik had mijn vader nog nooit gezien, ik kende mijn vader niet. Dat is hard, dat is niet goed, want dat is een leegte waar je mee leeft. Ik heb op mijn eentje voor mijn vader gezongen, ik heb gezegd: Wanneer zie ik mijn vader? Als ik hem zie zal ik dit doen en dat doen, zal ik zo blij zijn, zal ik het gelukkigste meisje van de wereld zijn.'

Het zingen zelf heeft ze van haar moeder en grootmoeder, die allebei zangeres zijn. Een andere muzikale scholing heeft ze nooit gehad en ze kan geen noot lezen, alles heeft ze zich via haar oren eigen gemaakt. Het zit allemaal in haar hoofd, waar het uitkomt als ze troost nodig heeft: 'De muziek zorgt voor mij. Als ik nerveus ben of kwaad en ik ga zingen, dan vergeet ik alles. Ik sluit mijn ogen en ben meteen gelukkig. Als ik thuis een probleem heb, hoef ik maar te gaan zingen en dan val ik al zingend in slaap en als ik wakker word is alles oké.'

Ze zingt over haar leven. Over wat haar bezighoudt en wat haar dwarszit. 'Ik ga uit van de werkelijkheid van onze samenleving. De positie van de vrouw is de werkelijkheid van onze samenleving in Mali, in Afrika. Het lijden van de vrouw. Ik neem mezelf als voorbeeld, omdat ik het heb doorleefd, maar ik spreek namens alle vrouwen.'

Ik groet de vrouwen, goedenavond zusters, ik groet de vrouwen.

Om die vrouw zat ik nu bij het benzinestation van Yanfolila. Omdat ik een landschap om haar heen wilde, een geur en een smaak van het leven waar ze uit voortkwam, een dorp aan een stoffige weg.

Over die weg kwam de brommerboy weer aansjezen. Om hier met de auto van zijn baas vandaan te kunnen was de prijs 25 000 plus de benzine, wat neerkwam op nog eens 8000 extra. 'Dat is te veel,' zei de pomphouder namens mij, hoewel ik ze best had willen betalen, die ongeveer 45 euro, om hier weg te komen. Maar naar mijn mening werd niet gevraagd, want dat zou de onderhandelingen verstoren. Het spel moest nog even doorgaan, want zoveel gebeurde er niet in zo'n dorp. Ik maakte hun dag.

Maar o, wat begreep ik Oumous vader, die het misschien wel uit louter verveling had aangelegd met een andere vrouw dan Oumous moeder en er daarna vandoor was gegaan naar een plek met wat meer leven. Wat begreep ik Oumous moeder ook goed, die niet alleen achter wilde blijven in zo'n negorij. En wat begreep ik Oumou Sangaré, die de wereld in wilde met haar zangkunst. Nou ja, ik begreep natuurlijk vooral mezelf. Maar dat haar kunst blijkbaar ook over mij ging was waarschijnlijk de kern van mijn fascinatie.

'Ik heb mijn vader ook niet gekend,' bekende ik haar.

'Dus je weet hoe hard dat is,' zei ze.

'Hebt u uw vader eigenlijk ooit nog teruggezien?'

'Ik heb mijn vader ontmoet toen ik al veel succes had. Hij geloofde het niet. "Is dat mijn meisje? Is dat mijn kleine meisje, die Oumou Sangaré is geworden? Dat kan toch niet?"

Hij huilde.

"Huil niet," zei ik, "ik ben het die moet huilen!"'

'Was hij trots op u?'

'Erg trots.'

Ze liet me de taxi wegsturen die voor haar huis op me stond te wachten. Ze bracht me zelf wel terug naar mijn hotel. We bestegen haar Toyota Intercooler 4 x 4, die ze vervolgens door de poort van de binnenplaats de straat op manoeuvreerde. Daar stapte ze driftig uit en riep een bediende om haar te helpen met het afstoffen van het formidabele voertuig. Toen alles in orde was, zette ze een muziekje op dat ik horen moest, een rauwe mannenstem, swingend en ongrijpbaar mooi. Zo reden we als in de karos van de koningin van Mali, toegezongen door een onderdaan en in het gezelschap van een bewonderaar. We waren, geloof ik, erg trots op elkaar.

Toen ze stopte voor mijn hotel, gaf ik haar een hand. Ze nam die hand en wees daarna op haar wang: daar wilde ze me voelen. Ik gaf haar de kus die ze wilde.

'En we gaan een keer eten,' zei ze.

'Graag,' zei ik.

'Ik bel je,' zei ze.

We wisten allebei dat het onzin was, troostende onzin.

De bange vogel in het bos
Zingt een lied
Vol wanhoop denkt de vogel
Diep na
Als een kind wees is, zonder een vader
De vogel zingt in het bos
Een vaderloos kind denkt altijd aan een vader.

De brommerboy kwam terug met een nieuw bod. Ik mocht voor 10 000 plus benzinekosten achter op de brommer naar Bougouni. Goed, zei ik, en ik wilde al achterop stappen. Maar zo ging dat niet! De brommerboy moest eerst weer terug naar zijn baas om deze blijkbaar onverwachte wending in de onderhandelingen aan hem voor te leggen. Het resultaat was dat de auto me voor 25 000 naar Bougouni bracht.

Het was al donker toen ik de laatste etappe, van Bougouni naar Bamako, aflegde in een afgeladen busje. Ik zat naast de chauffeur, die voortdurend over mijn knie heen moest reiken om een nieuwe cassette in de daarvoor bestemde gleuf te doen. De geluidskwaliteit was een kwelling en ik begon de Wassoulou-sound te haten met een haat zo grondig als ik die lang niet gevoeld had.

De receptionist van mijn hotel vroeg wat ik nu eigenlijk vond van Mali en ik zocht naar woorden die hem niet zouden kwetsen.

'Er zijn veel mooie vrouwen,' zei ik.

'Ja,' zei hij, 'en ook veel vliegen.'

Maar wat vond ik van het klimaat?

'Erg koud is het niet,' zei ik.

'Ja,' lachte hij, 'zo kun je het ook zeggen.'

Toen ik op mijn kamer het overhemd uittrok waarmee alles eigenlijk was begonnen, zag ik dat er een witte kring van zout op de rug zat.

De reïs is lang, waarde gezellen.
Heimwee naar liefde, de reis is lang, o god!

(1999)

Thomas Verbogt

Annemarie!

Mijn woning wordt beheerst door een schildersbedrijf. Het is niet eens de binnenkant van het huis die geschilderd moet worden, nee, de buitenkant. Het huis is in dit geval een huis van vijf verdiepingen waarvan ik één etage bewoon.

Het hele project wordt gecoördineerd door de benedenbuurvrouw. Die doet dat kranig en houdt niet van praatjes.

Aanvankelijk dacht ik: de buitenkant is de buitenkant. En ik woon aan de binnenkant, zoals veel mensen die een huis bewonen. Wat zou ik er voor een last van kunnen hebben?

Ja, er staat een steiger voor het huis, maar ik snap natuurlijk ook wel dat die noodzakelijk is. Schilders mogen van de Nederlandse regering immers niet meer op ladders staan, een maatregel waarover ik weleens nadenk, en dan betrap ik me erop dat ik er geen heldere, productieve gedachte over kan vormen, behalve dat ik me afvraag wat een schilder moet doen die het lekker vindt op ladders te staan – zulke schilders moeten er zijn, schilders die vanwege de ladder schilder zijn geworden (ik las eens een interview met een befaamd dirigent die zei dat hij aanvankelijk alleen maar vanwege het stokje voor zijn vak gekozen had). Of dat ik me afvraag hoe hierop vanuit de ladderbranche gereageerd is, want dat moet het geval zijn geweest. In loodsen en andere opslagruimtes moeten duizenden ladders liggen, over een jaar of tien zijn het onvoorstelbare taferelen.

Goed, een steiger dus. Voor het huis.

De achterkant van het huis wordt ook geschilderd, maar dat gebeurt op de balkons. Daarom moeten de schilders soms door het huis. Ik moet daar altijd aan wennen. Net zoals ik me er altijd inwendig tegen verzet, maar met dat verzet kan ik niets, want wat moet gebeuren, moet nu eenmaal gebeuren.

De eerste dag was de schilder er al om halfacht.

Ik was het even vergeten, maar toen besefte ik het weer: mensen die iets komen verbouwen of repareren of schilderen komen altijd heel vroeg, opdat jij als bewoner ook je steentje bijdraagt door op te staan, alsjeblieft héél snel dat bed uit. Sterker nog: ze komen zo vroeg omdat jij schuldig bent. En daarom verdien je straf. Waaraan je schuldig bent? Ach, aan heel veel. Dat je zelf niet bij machte bent het karwei aan te gaan. Maar je bent vooral schuldig omdat je bestaat. Je kunt wel zeggen dat je daaraan niets kunt doen, maar: ‘Meneer, dat kan iedereen wel zeggen.’

Hij staat er dus om halfacht, de schilder.

Nee, zo is het niet helemaal. Ik lig nog in bed, dat doe ik vaak wanneer het nog halfacht in de ochtend is, en ineens hoor ik de deur van mijn etage opengaan. De benedenbuurvrouw had dat inderdaad aangekondigd. De schilder moet tijdens de schilderperiode overal in en uit kunnen lopen, o huiveringwekkende omstandigheid, en daarom had ze hem alle huissleutels verstrekt.

Ik hóór de schilder dus. Ik hóór de deur opengaan, buitenlucht dringt tot mij door en met die buitenlucht de energieke wereld van een volle, nieuwe dag.

En ik lig in bed en van daaruit roep ik: ‘Wie is daar?’ Ik vind die tekst niet sterk, maar heb niet zo snel een andere paraat.

De schilder roept: ‘Hier is uw schilder.’

Heldere taal.

Ik schiet snel iets aan en loop op hem toe om hem goedemorgen te wensen. Hij heeft een paar lampen aan gedaan en kijkt triomfantelijk om zich heen. Hij heeft de sleutel, hij heeft het huis. En daar heb je het weer: ik ga me verontschuldigen. Dat komt doordat ik ook wel wéét dat ik schuldig ben. Met die schuld kán ik echter niets. Ik kan proberen me ervan te ontdoen, maar zo’n poging is potsierlijk. Hoe verontschuldig ik me dan? Ik zeg: ‘Ja, ik heb een ander ritme.’

De schilder kijkt nogmaals de woonruimte rond, zijn blik blijft rusten op een houten varken met een winterjas aan (een kerstvarken), en hij vraagt: ‘Wát heeft u?’

Het lukt me niet te herhalen dat ik een ander ritme heb, maar dat is ook niet nodig, want de schilder heeft de balkondeuren al geopend en betreedt het balkon. Dat balkon grenst aan mijn keuken en dat is ook de plek waar ik me scheer. Ik begin daar maar eens aan, opdat de schilder ziet dat ook ik wel degelijk met de nieuwe dag bezig ben. Dat scheren moet voor het open raam. De schilder heeft immers de ramen opengezet. Terwijl hij dat deed, zei hij: ‘Even voor frisse lucht zorgen.’ Dat zijn woorden die er ook behoorlijk inhakken. Tegelijkertijd neem ik me voor beter op de lucht in mijn huis te letten.

Terwijl ik me inzeep, probeer ik ontspannen te neuriën.

De schilder kijkt me aan. Hij denkt van alles, ik weet niet wat allemaal, en hij zegt: ‘De schilder die geen koffie lust, moet nog geboren worden.’

Hij spreekt die zin uit alsof hij er enige tijd op geoefend heeft.

Als ik hem even later een kop koffie aanreik, zegt hij dat hij ook iets aan de duiven gaat doen.

Ik moet zeggen: dat vind ik prettig. Het sterft hier namelijk van de duiven. Ik vraag wat hij er precies aan gaat doen. Heeft hij soms een geweer? Of een speciale duivenbom?

De schilder wijst op de afvoerpijp waarop de duiven graag plaatsnemen en zegt: 'Die smeer ik in met een klevende vloeistof. Een soort lijm. Daar hebben ze de schurft aan. Zou u de hele dag in de lijm willen zitten?'

Een simpele vraag, maar ik moet toch even over het antwoord nadenken.

Lange tijd was deze schilder in zijn eentje bezig, maar ineens is er nóg een. Ik loop naar de steiger en geef hem een hand. Ik noem mijn naam, hij noemt de zijne, maar die versta ik niet, ook niet als hij die op mijn verzoek nogmaals zegt. Volgens mij komt hij uit een ver Balkanland.

Met deze schilder is iets merkwaardigs aan de hand, iets wat ik aanvankelijk niet kon duiden. Af en toe, nee, niet af en toe, heel regelmatig roept hij: 'Annemarie!'

Bij de eerste paar keer dacht ik dat hij dit tegen een vrouw riep, een vrouw die hij op straat zag, maar dat kon eigenlijk niet, want dan zou die vrouw nerveus heen en weer voor het huis moeten lopen. Voor de zekerheid ben ik even gaan kijken, maar dat was inderdaad niet zo. Ik keek ook even naar de schilder en zorgde er daarbij wel voor dat hij niet zag dat ik naar hem keek. En toen stelde ik vast dat hij inderdaad zomaar 'Annemarie!' riep. Ik ontdekte er ook een zekere regelmaat in. Toen pas snapte ik het: de nieuwe schilder zingt een lied, en dat lied zingt hij vooral in zijn hoofd. Waarschijnlijk is het een lied dat over een vrouw gaat die Annemarie heet. Ja, ik denk dat ik daar wel zeker van kan zijn, hoewel ik het lied dus niet hoor. Alleen de naam 'Annemarie' zingt hij hardop. Dit is heel wonderlijk.

Het punt is wel dat hij uitsluitend dit lied zingt, en niet

één keer of een paar keer, maar min of meer doorlopend, zodat ik heel vaak, maar dan ook héél erg vaak Annemarie hoor.

Ik ben er inmiddels aan gewend. Soms denk ik even na over de Annemarieën in mijn leven. Bijna allemaal puike meiden waren dat. Je kon erop bouwen. Van sommige Annemarieën betreur ik het dat er geen contact meer is. Misschien had mijn leven er dan wel anders uitgezien.

Vanwege een vage rugklacht moet ik van mijn fysiotherapeut af en toe op de bank liggen. Ja, de fysiotherapeut zegt: 'Als je kúnt liggen, dóé dat dan!'

Ik vind dit een advies met voor- en nadelen. Ik kan vaak gaan liggen, maar toch kán het niet altijd. Iedereen die weleens de behoefte heeft ergens te gaan liggen,ként dit. Maar goed, als ik een boek lees, doe ik dat dus liggend.

Vanmiddag lig ik op de bank. Met een boek.

De nieuwe schilder loopt door mijn kamer. Van de steiger vóór naar het achterbalkon. Hij blijft even voor de bank staan en kijkt naar me met donkere ogen vol Annemarie.

Hij zegt: 'Lekker liggen op bank.'

Ik knik vol schuldgevoel.

Het is mijn huis, mijn bank, mijn rug, mijn tijd en mijn leven, maar toch. Ik lig, hij niet.

De schilder zegt: 'Ik gediplomeerd.'

Ik knik. Ik weet niet wat voor gesprek er aan het ontstaan is en steek mijn duim omhoog. Heel goed, gediplomeerd.

De schilder zegt terwijl hij naar zichzelf wijst: 'Ik eerst diploma groenteboer.'

Weer knik ik maar. Wat moet ik anders? Ik probeer dat knikken tevréden te doen. Een goede groenteboer is nooit weg. Ik wist niet eens dat het diploma groenteboer bestond.

De schilder vervolgt: 'Ik eerst diploma groenteboer. Daarna diploma schilder.'

'O, op die manier,' zeg ik.

Misschien is die volgorde wel logisch en moet ik vragen met welk diploma hij nu bezig is.

De schilder zegt: 'Ik diploma schilder om uw huis mooi maken.'

Ik wil zeggen dat ik hoop dat hij het diploma niet alleen dáárom heeft gehaald, maar hij is al op het achterbalkon.

'Annemarie,' zingt hij.

Haar naam waait over de binnentuinen, klimt tegen de achterkant van het huis aan de overkant omhoog en verdwijnt in de herfsthemel. Als een onzichtbare vogel die te laat is om nog naar het zuiden te vliegen.

Het begin van de herfst

Ineens is de zomer voorbij. Ineens is er een eerste echte herfstdag. Zo'n dag waarop je innig denkt aan de mensen en de dingen die voorbijgaan, zo'n dag waarop je beseft dat je niet zo vaak meer moet denken: dat doe ik later wel. Dat denk je immers veel te regelmatig: dat doe ik later wel. Later, later. Eigenlijk alleen maar een woord voor kinderen. Het dringt maar traag tot je door dat er onderhand steeds minder later is. Je moet het anders zeggen: je hébt steeds minder later. En als het dan zo ver is, heb je je handen vast veel te vol aan later.

Zo'n dag dus.

Op zo'n dag moet ik een tandarts bezoeken. Niet mijn eigen tandarts, want die heeft vakantie, misschien wel herfstvakantie. Nee, ik moet naar een vervangend tandarts, die aan het andere eind van de stad woont. Terwijl ik daarheen fiets bedenk ik ineens dat het daar waarschijnlijk druk zal zijn. De vervangend tandarts heeft niet alleen zijn eigen patiënten, maar ook de patiënten van mijn tandarts die met herfstvakantie is. Dat wordt dus lang wachten, stel ik me voor. Ik wil nooit ergens op wachten terwijl ik niets te doen heb. Daarom stop ik bij een kantoorboekhandel. Ik denk: ik koop een boek. En niet zomaar een boek. Nee, daar staande voor de etalage van de kantoorboekhandel besluit ik *De Da Vinci Code* te kopen. Iedereen zegt immers dat ik dit boek móét lezen. Meestal lees ik zo'n boek dan niet. Ik ben altijd huiverig voor boeken waarvan iedereen zegt dat iedereen ze moet lezen. Dat komt later wel, denk ik dan. Zie, daar heb je het alweer: later.

In het midden van de kantoorboekhandel staat een lange tafel waarop nieuwe boeken uitgestald liggen. *De Da Vinci Code* zie ik niet. Ik loop naar de kassa waarachter een gezellige dikke mevrouw staat.

Ik vraag: 'Heeft u *De Da Vinci Code*?'

'Ja,' zegt ze. 'Dat is een mooi boek. Een heel mooi boek.'

Dat is weliswaar een antwoord op een vraag, maar niet op de vraag die ik gesteld heb.

Daarom vraag ik het nog maar een keer: 'Maar hééft u *De Da Vinci Code* ook?'

De vrouw zegt: 'Meneer, we hebben er meer dan u kunt lezen.'

Over dit antwoord denk ik ook even na.

We lopen naar de lange tafel, de vrouw en ik. Ze kijkt er even naar, naar die tafel, en wijst dan naar een lege plek en zegt: 'Oppelepop.'

Ik denk dat ik haar niet goed versta en vraag: 'Wat zegt u?'

Weer zegt ze: 'Oppelepop.'

Dan draait ze zich om en roept naar een man die in een hoek van de winkel met iets onduidelijks bezig is: 'Harry, de Da Vinci's zijn oppelepop.'

De man die Harry heet, kijkt haar aan. Hij ziet er doodmoe uit. Misschien was alles in hem al heel lang geleden oppelepop.

Hij roept terug: 'Dat waren ze gisteren al, Muis.'

O god, denk ik, hij noemt haar Muis.

Harry roept nog meer: 'Ik heb al bijbesteld. Morgen zijn ze er weer.'

De mevrouw die Muis genoemd wordt, kijkt me blij aan. 'U hoort het,' zegt ze. 'Morgen hebben we ze weer.

Zal ik er een voor u apart leggen?'

Ik weet zeker dat ik nooit meer van mijn leven in deze kantoorboekhandel terug zal keren. En zeker morgen niet.

'Nee,' zeg ik. 'Morgen ga ik met vakantie.'

'O,' zegt Muis. 'U bent een latertje.'

'Wat ben ik?' vraag ik.

Muis zegt: 'Mensen die laat op vakantie gaan, noemen wij hier latertjes.'

'O,' zeg ik. 'Op die manier. Ja, vakantie. Daarom dacht ik: ik neem *De Da Vinci Code* mee.'

Muis vraagt nu: 'Kent u het boek?'

Ze geeft niet alleen verkeerde antwoorden, ze stelt ook verkeerde vragen.

'Nee,' zeg ik. 'Daarom wil ik het juist lezen.'

Muis zegt: 'Ja, dat wil iedereén, meneer, en daarom is het heel vaak oppelepop.'

Het is een soort straf, denk ik, als iemand zo tegen je praat. Omdat je met alles te laat bent. Daarom. Omdat je, zoals mevrouw Muis zegt, een latertje bent.

Ik groet haar vriendelijk en fiets door naar de vervangende tandarts.

Als ik heb aangebeld, gaat er een deur automatisch open. Het eerste dat ik besef is dat het maar goed is dat ik *De Da Vinci Code* niet heb gekocht, want van lezen zou hier niets, maar dan ook helemaal niets terechtkomen. Achter de deur bevindt zich meteen de wachtkamer. En nog nooit van mijn leven zag ik zo'n kleine wachtkamer. Als ik gul schat denk ik ter grootte van drie kasten.

Er zijn acht wachtenden voor me. En er staan twee stoelen. Daar kan echter niemand op gaan zitten, want daarvoor is het ruimtetje te vol. Je kunt hooguit op de stoelen gaan stáán. Dat doet echter niemand. Ook zie ik een krabpaal voor een kat. De kat zelf zie ik niet. Ik ruik hem echter wel. En de acht wachtenden voor me ruik ik ook. Het is erg warm in de wachtkamer, zo warm dat ik er een beetje bang van word. Het zweet gutst van mijn gezicht.

Na ruim een uur ben ik aan de beurt. Een assistente laat me binnen. De behandelkamer is niet veel groter dan de wachtkamer. Aan de muren hangen Afrikaanse maskers, niet een of twee, maar wel een stuk of tien. De tandarts doemt uit een zijruimte op. Hij ziet er niet Afrikaans uit. Wel alsof hij zojuist op groot wild heeft gejaagd of van plan is dit te gaan doen. Hij heeft een soort safaripak aan.

We geven elkaar een hand en ik noem mijn naam.

'Zo, Thomas wat scheelt eraan?'

Hij spreekt me toe alsof ik me aan de overkant van een brede straat bevind.

Ik probeer mijn klacht uit te leggen. Ik zeg dat ik rechtsboven kiespijn heb.

De tandarts gebaart dat ik maar moet gaan zitten. Wanneer hij in mijn mond kijkt, fluit hij tussen zijn tanden. Verbijsterd zegt hij: 'Je bent, geloof ik, bezig je eigen gebit op te eten. Heeft niemand daar ooit iets van gezegd?'

Ik begrijp niet wat hij bedoelt. Mijn eigen gebit opeten? Hoezo mijn eigen gebit opeten? Nee, daar heeft inderdaad nooit iemand iets van gezegd. Ik kan niet vrágen wat hij bedoelt, want mijn mond staat wijd open.

De tandarts tikt nu met de onderkant van een tangetje tegen een kies en vraagt of dat pijn doet.

Ik knik.

'Mooi,' zegt de tandarts. 'Ik vermoed dat er een ontsteking zit, maar die is nog niet zichtbaar genoeg. Even afwachten maar. Dat is dan negentien euro.' En vervolgens verdwijnt hij weer in een zijruimte.

Ik geef de assistente negentien euro.

'Ja,' zegt ze. 'Het is erg druk.'

Op de fiets denk ik na over de woorden van de tandarts: 'Je bent je eigen gebit aan het opeten.'

Misschien gaat dit bij sommige mensen zo. Eerst eet je je gebit op, daarna begin je aan de rest en dan is Het Grote Verdwijnen begonnen. Over enige tijd zegt er iemand: 'Ja, hij is helemaal oppelepop.'

GIJS IJLANDER

Zogenaamd Siberië

Op de felgekleurde aanplakbiljetten stonden uitroeptekens en bliksemschichten: *Huiveringwekkend!!! Bloedstollend!!! Adembenemend!!!*

'Ze moeten het in hun broek doen,' zei Nick. 'Je moet het publiek kunnen ruiken.'

Ze wendden fatale missers voor, maar wisten elkaar altijd op te vangen. Het publiek zuchtte, het oei en ah was niet van de lucht, er werd gegild van schrik.

Als ze eindelijk op bed lagen, was Debbie te moe om te slapen, ze draaide zich van haar ene zij op de andere, kon haar benen, haar voeten, niet rustig krijgen en voelde het zweet prikken op haar huid.

'Het gaat goed zo, Deb,' zei Nick, die apart in de alkoof boven de cabine sliep. 'Dit zijn voor ons gouden jaren. Als we zo doorgaan kunnen we op ons veertigste rentenieren.' Ze hadden in Frankrijk een huisje gezien, onder een overhangende rots. Maar naarmate de tijd van oogsten dichterbij kwam werd er steeds minder over gesproken: over de stilte, de heldere lucht, het zachte getok van kippen in de voortuin, eindeloze wandelingen met honden. En al dat geld dan, dat meer dan tien jaar lang met scheppen tegelijk was binnengekomen? De nieuwe camper was inmiddels uitgewoond, er was lekkage bij het dakluik, het slot van de deur, ooit geforceerd bij een inbraak, was nog steeds niet vervangen. Er moest een gat zijn, ergens.

'Als je het precies weten wilt,' schreeuwde Nick op een

avond, 'het gaat slecht, verrekte slecht. We mogen blij zijn dat we ons hoofd boven water kunnen houden, met het engagementje dat we hebben. Je hebt geen idee van geld jij, je leeft met je hoofd in de wolken.'

Na een seizoen waarin ze zoveel verdiend hadden dat ze er wel een paar jaar op hadden kunnen teren, sloot hij tegen de zin van Debbie een contract af voor de winter. Ze haatte het wintercircus. Het publiek was zo dichtbij dat je het kon ruiken: het heimelijke verlangen dat het deze keer menens zou zijn, dat een van die twee waaghalzen zou misgrijpen en op de planken te pletter slaan. Ze konden doodvallen.

Er was een gat, ze wist het zeker.

De verzekering was goed: de Mercedes-bus werd ingeruild voor een verlengde Wanabagoo met een ruime, lage entree. In de bergruimte achterin, voorzien van een hydraulische laadklep, stond de elektrische scootmobiel, die Nick echter maar zelden gebruikte omdat hij de voorkeur gaf aan zijn sportieve lichtgewicht rolstoel. Collega's liepen rond de wagen en floten bewonderend tussen hun tanden. 'Beter kun je het niet voor elkaar hebben!' Nick zei: 'Ik heb mij blauw betaald aan verzekeringspremies, nu zien we er eindelijk iets van terug.' Zijn behendigheid en snelheid met de rolstoel deed menigeen versteld staan. Hij was een atleet gebleven, de kracht in zijn armen en schouders was het resultaat van een leven lang trainen. 'Zo'n prachtig lichaam,' zei de vrouw van het roofdierennummer. 'En dan er niets meer mee kunnen...' Toen Debbie haar vragend bleef aankijken, vervolgde zij: 'Nou ja, tot op zekere hoogte dan. Je begrijpt wel wat ik bedoel.'

Over het huis onder de rots spraken ze niet meer. Het sprak vanzelf, vond Nick, dat ze op de oude voet verder gingen: ze waren nu eenmaal circusmensen. Maar het idee het nummer voort te zetten met een andere partner wees Debbie direct van de hand. Er was een stel poolhonden te koop, daarmee wilde ze wel iets proberen. Boven de veertig kon je je sowieso niet meer in een bodystocking vertonen.

Na het middageten rustten ze, daarna was het tijd om met de honden op pad te gaan. Als de honden niet minstens een uur gerend hadden, waren ze 's avonds bij de voorstelling onhandelbaar. Vooral Joyce, de moeder van Dan en Kepi, kon lastig zijn als ze niet voldoende beweging had gehad. In de trailer hadden Joyce, Dan, Kepi, Duco, Bento en Prins ieder hun eigen compartiment, hokken van krap een vierkante meter, nauwelijks geschikt voor dieren die gefokt waren om te werken, voor een slee te rennen tot ze erbij neervielen. Als er ruimte genoeg was rond de camper, lagen ze buiten aan kettingen. Kou deed ze niets.

Deze keer was hun standplaats zo benepen dat er niets anders op zat dan ze binnen te laten. De tent stond op een plein, de wagens van het personeel en de artiesten stonden in een zijstraat langs de stoeprand.

Debbie hielp Nick naar buiten in zijn kar, daarna ging ze de honden aanlijnen. Nick stond erop dat ze het woord 'kar' gebruikte, 'rolstoel' gaf hem het gevoel niet volwaardig te zijn. Vaak lieten ze de honden uit met de kar, soms ook werd de step gebruikt die speciaal voor de honden gemaakt was: twee wielen vóór, één achter, voorzien van stevige trommelremmen. De step was veiliger, maar Nick kon er minder goed mee overweg, het stoeltje was te hoog en gaf te weinig steun. De mensen bleven verbaasd staan kijken als Nick met de rolstoel – pardon: kar – voorbij kwam stuiven met een vaartje van dertig per uur, overhellend in bochten, bijremmend met zijn handen. Hij had meer kracht in armen en schouders dan menigeen in zijn hele lijf. Hij had handschoenen aan, dat wel.

Debbie gaf de voorkeur aan de step, ze kon dan achterop staan, zich vasthoudend aan de leuning van het stoeltje, en het gedrag van de dieren in de gaten houden, wat haar 's avonds bij het optreden van nut kon zijn. Maar Nick wilde alles zelf doen en had liever niet dat ze hem op de vingers keek. Het was zíjn taak vond hij, het 'afrijden' van de honden. Niet 'uitlaten', niet 'rolstoel'.

Ze zochten de ruimte op: een landweg, een industrieterrein, een havengebied. De meeste steden hebben wel een zere plek, waar 's avonds hoeren staan en het overdag is uitgestorven. Daar liet hij de honden voluit gaan. Debbie bleef rustig voortslenteren. Het gebeurde wel dat een auto naast haar stilhield en haar gevraagd werd of ze iets wilde bijverdienen. 'Niet nu,' zei ze dan. 'Morgen misschien. Geef me je nummer, dan bel ik wel.' Zo'n mooi lijf en dan niets meer kunnen?

Als zij Nick en de honden uit het oog verloor en vond dat het lang genoeg had geduurd, kon ze op haar fluitje blazen en hoefde alleen maar te wachten tot zij ze weer om een hoek zag komen. Nick had dan de pest in omdat hij de controle over de honden was kwijtgeraakt; hij had geen weet van het fluitje, kon het ook niet horen.

Hij pakte de riem waarmee de zes honden waren verbonden en haakte hem tussen zijn benen aan de kar. 'Ik ga alleen,' zei hij. En met een knikje naar de dieren: 'Ik houd ze wel in de gaten.' 'Als je maar oppast,' zei ze, maar ze wist dat het hier veilig was, er waren geen drukke kruisingen op weg naar het havengebied. Ze wachtte tot hij de straat uit was, ging toen de wagen in en belde een nummer dat ze onlangs had gekregen. 'Een halfuur,' zei ze. 'Drie kwartier op z'n hoogst.' Ze schoot een leren jasje aan, sloot de wagen af, deed alsof ze Nick en de honden achternaging. Stel je voor dat buren zagen dat er een vreemde kerel bij haar binnenging.

Haastig liep ze het centrum uit, na tien minuten ging ze linksaf een stille kade op. 'Lijstenmakerij,' ze zag het al uit de verte op de etalageruit. Een ouderwets winkelbelletje klingelde toen ze de glazen deur openduwde. Een man kwam overeind, stak zijn hand uit: 'Antoine, aangenaam!' Hij liep naar de deur, draaide het schildje om dat aan een kettinkje achter het glas bungelde.

Toen ze een uur later buiten stond voelde ze zich opgelucht, bijna uitgelaten. Ze had zeggenschap over haar bestaan, er was niemand die haar iets maken kon. Het branderige gevoel op haar achterste, waar Antoine haar een speelse pets op de billen had gegeven, was eerder prettig dan pijnlijk te noemen. Ze haalde diep adem, draaide zich op haar hakken om en liep weer naar het circusterrein. Nick was al terug natuurlijk, hij had de honden al in de trailer gedaan. Een lastig karwei, waarvoor hij met z'n kar de steile loopplank op moest en, omdat er in het gangetje geen ruimte was om te keren, achterwaarts weer naar beneden, zelfs voor een rolstoelacrobaat – nou ja, dat woord – een hele opgave.

'En? Hoe ging het?' Haar stem klonk opgewekt, vond ze zelf.

'Waar was je?' bromde hij.

'Even naar het postkantoor. Er stond nogal een rij.'

Hij zei niets, maar zijn blik was stuurs, hij bewoog zich zwaar. Had hij iets gemerkt? Toen ze toeschoot om hem te helpen de camper in te gaan maakte hij een fel afwerend gebaar. 'Laat maar! Ik red me!' Binnen zette hij de kar naast het bed, met een snelle kantelbeweging gooide hij zijn lichaam erop. Debbie borg het geld op achter de plafondbekleding van de alkoof waarin ze sliep, daarna ging ze het badkamertje in.

'Waar is dat voor nodig?' zei hij toen ze naar buiten kwam. 'Douchen midden op de dag?'

Ze haalde haar schouders op.

'Hoe ging het met de honden? Is het goed gegaan? Sorry, ik was te laat terug, ik weet het.'

'Ik ben naar de sluizen geweest, daar heb ik een tijdje zitten kijken. Naar de schepen in de diepte. Ik moest ineens aan het ongeluk denken. Gek hè?'

Hun blikken kruisten.

'Ja. Gek.'

Bij de avondvoorstelling zag ze de lijstenmaker in het publiek. Ze kwam de piste binnen op een slee met wieltjes, de honden renden zo hard ze konden. In een werveling van blauw en wit – de blonde haren van haar pruik wapperden rond haar hoofd, ze ging gehuld in langharig bont, daaronder droeg ze een blauwe bodystocking bezaaid met glitters – kwam ze tot stilstand en maakte de honden los. Toen ze in een perfecte cirkel om haar heen zaten, nam ze met een zwierig gebaar haar bontmuts af en maakte een diepe buiging. Ze richtte zich op en keek Antoine recht in de ogen, de vloeiende lijn van haar optreden werd even – minder dan een seconde – onderbroken. Direct hernam ze zich – niemand behalve Nick, die zoals gewoonlijk bij de ingang van de piste zat, kon iets ongewoons hebben opgemerkt – maar de blik van de man die ze op zich voelde rusten ontnam de vanzelfsprekendheid aan haar bewegingen: er was een hapering. Gelukkig was haar nummer eenvoudig, het kende, anders dan trapezewerk waarbij het op tienden van seconden aankomt, geen echte risico's.

Ladies and gentlemen, Mesdames et Messieurs, Meine Damen und Herren, darf ich ihnen vorstellen... Ze noemde de namen van de honden, die om beurten rechtop gingen zitten. Op een beweging van haar zilveren zweepje keerden zij zich op hun rug, een koddige vertoning die beloond werd met applaus. Onwillekeurig zocht haar blik hem weer op. Ze bleef even stilstaan: ze was de ijskoningin.

Haar nummer was veelzijdig: begeleid door zwoele muziek liet ze haar bontmantel van zich afglijden – ze mocht dan veertig zijn, op haar figuur was niets aan te merken – ze voerde gebruik makend van de slee een paar acrobatische toeren uit. Na zoveel jaren trapezewerk stelde het nauwelijks iets voor, maar de bewondering van het publiek was er niet minder om. Ze liet de honden huilen op commando; ze konden keffend lachen, sommen maken en zichzelf weer voor de slee zetten toen het optreden ten einde liep.

Sehr geehrtes Publikum! Ze sprak een mengelmoes van talen, kwam zogenaamd uit Siberië.

'Wat was er nou?' vroeg Nick na afloop.

Ze haalde haar schouders op.

'Het is gek, maar ik moest ook aan het ongeluk denken.'

Midden in de nacht was ze plotseling klaarwakker. Ze wist niet of ze al lang wakker lag of wakker was geworden van Nicks stem. Ze had het luid en duidelijk gehoord, in de ruimte beneden haar: 'Was het opzet?'

Ze lag op haar rug en voelde haar hart bonken. Nee, ze ging niet antwoorden, ze hield haar lippen stijf op elkaar. Ze staarde naar het plafond van haar slaapnis, naar de verdikking in de bekleding waarvan alleen zij wist wat eronder verstopt was.

'Deb? Ben je wakker?'

Ze hield haar adem in.

Terwijl ze in haar ochtendjas bezig was met het koffieapparaat, zag ze hem buiten bij de honden. Zijn haar stond in een rare pluk overeind, hij had zich niet geschoren, ontbeten had hij evenmin. Een van zijn benen schoot van de voetsteun, met een abrupte beweging trok hij het weer binnenboord. Hij haakte de honden aan de kar. Vlug deed ze de deur open.

'Moet je niet wat eten? Een kop koffie?'

'Laat maar,' zei hij over zijn schouder. 'Ik red me!'

Even hield hij stil, toen was het: 'Arrrrrr!' en schoten de honden vooruit. Bijna leek de kar achterover te slaan, maar Nick leunde naar voren, hervond zijn evenwicht.

Debbie schonk koffie in, stak een sigaret op en inhaleerde diep. Ze pakte haar telefoon, toetste het nummer in, ze trommelde met haar vingers op het tafelblad. Eindelijk werd er opgenomen.

'Wat moest dat nou, gisteravond?'

Hij antwoordde met een zucht.

'Ik verlang naar je. Kom bij me. Nu meteen! IJskoningin van me, laat me je ontdooien!'

Ze lachte, de rook kwam in ritmische stootjes uit haar mond en neusgaten.

'Ja? Kom je?'

Ze deed haar bodystocking aan, daar overheen een spijkerbroek en haar jasje met panterprint. Ze griste haar schoudertas van de bank, stopte haar telefoon erin en sloot de wagen af – wacht: bijna zou ze het hondenfluitje vergeten! Ze sloeg de hoek om, in de winkelstraat stak ze haar hand op, nam een taxi naar het havengebied en liet zich afzetten bij het sluizencomplex. Nick was er niet. Ze nam de voetgangersbrug over de sluisdeuren, bleef staan kijken naar het schutten van een vrachtschip. Langzaam kwam de met kolen beladen duwbak omhoog, er was een bolling in het wateroppervlak achter de deuren, een meter of tien beneden haar. De schipper gaf een stoot op de scheepshoorn, ze keek op naar het glazen hokje van de sluiswachter, die zich met een blik in haar richting naar een microfoon boog: hij leek het over haar te hebben.

'Hé lekker ding, kom je effe aan boord?' ving ze op toen het schip de sluis uit voer.

Toen zag ze ineens Nick aan de overkant, hij moest net zijn aangekomen. De kar stond vlak aan de rand van de diepe betonnen sluisbak, de honden lagen opzij in het gras te hijgen met hun tong uit hun bek. Zodra de deuren gesloten waren, stapte ze weer op de voetgangersbrug, ze zag Nick schrikken toen ze op hem afkwam.

'Wat doe jij hier? Waarom heb je je kostuum aan?'

Ze was even in verwarring, ritste haar panterjasje dicht.

'Ja,' zei ze. 'Het is zo: ik heb je laten vallen.'

'Ik wist het,' zei hij. 'Ik wist het.'

In een snelle beweging ontdeed ze zich van broek en jas en stond in haar blauwe glinstering vóór hem – de winkelbel klingelde nog. Met open mond kwam hij overeind.

'Je bent gekomen! Je bent gekomen!'

'Heel even maar. Een kwartiertje.'

Hij liep langs haar naar de winkeldeur en draaide het schildje om, hij stotterde van de zenuwen.

'Kom mee naar boven.'

'Nee, hier. Hier kan het ook.'

Toen ze weer langs de kade liep was het kwartier een halfuur geworden, misschien nog meer. Bij de kruising met de weg naar het havengebied bleef ze staan, rommelde in haar tas tot ze het fluitje gevonden had. Ze blies hard en langdurig. Ze wachtte. Het was een stille ochtend, er was nauwelijks verkeer, ze kon de weg tot op grote afstand overzien. Ze blies nóg een keer. Juist toen ze op het punt stond terug te lopen naar de stad zag ze in de verte een beweging. Ja, ze waren het, haar grijze wollige winterdieren, in volle vaart kwamen ze op haar af, de kar slingerde erachteraan, hotsend en stuiterend tegen stoepranden.

Ze zakte door haar knieën, spreidde haar armen uit: 'Ja, kom maar! Schatjes van me!'

Gijs IJlander

Vergeving?

Er was sprake van 'vuile handen'. En van 'overeind gebleven idealen'.

Een politieke loopbaan van bijna vijftig jaar, begonnen met het colporteren voor de vakbeweging, daarna de partijpolitiek, het dragen van bestuurlijke verantwoordelijkheid. Het was een periode van opbouw en vooruitgang, voor achteromkijken was geen tijd.

Menigeen verwachtte dat hij na zovele jaren in de politiek – en het is bekend hoe lang de werkweken zijn die er in Den Haag gemaakt worden – in een 'zwart gat' zou vallen, maar neen, integendeel, in stilte had hij altijd verlangd naar dit moment. Eindelijk zou hij ruimte krijgen voor zijn liefhebberijen, zijn familie, zijn tuin, zijn bescheiden kunstverzameling. Er waren veel contacten die hij noodgedwongen verwaarloosd had.

Hij nam zijn zware brilmontuur af, gebaarde ermee naar de verslaggever.

'In zekere zin heb ik het gevoel dat er juist een drukke tijd aanbreekt, al gaat het om totaal andere zaken dan waar ik mij tot nog toe mee heb beziggehouden. Weet u, van iemand die een openbare functie bekleedt wordt al gauw gedacht dat die functie en zijn persoon samenvallen, en in zekere zin moet dat ook zo zijn: een bewindsman is dat niet van negen tot vijf, maar gedurende ieder moment van zijn ambtsperiode. Maar dat neemt niet weg dat voor iedereen – ook voor een politicus – een persoonlijk leven dat zich afspeelt buiten het felle licht van de publiciteit een absolute voorwaarde is om goed te kunnen functioneren. Iedereen – juist een politicus – heeft wat dit betreft behoefte aan "geheimen".'

Hij zette de bril weer op, zijn mond plooide zich in een ironisch lachje.

De verslaggever – Jan Jaap Klaver van de NOS – toonde zich bijzonder ingenomen met het vraaggesprek. Nooit eerder had de bewindsman zich zo openhartig getoond. Geen enkel onderwerp ging hij uit de weg, zelfs kwesties die Klaver niet had durven aanroeren stelde hij uit eigen beweging aan de orde. Macht was een belangrijk gegeven in de politiek, er waren schandalen geweest, natuurlijk had hij 'vuile handen' moeten maken, nu was de tijd aangebroken voor vergeving. Hij zou die willen schenken, zei hij, en hij hoopte dat die ook aan hem niet zou worden onthouden. Schoonheid en vergeving zouden voortaan zijn leidraad zijn.

'En met schoonheid doelt u op uw kunstverzameling?'

'Dat is juist: de kunst in ruime zin. En vergeving...' – het lachje was nu niet ironisch maar eerder verontschuldigend – 'Zoals u misschien weet ben ik een gepassioneerd tuinliefhebber. In het bijzonder leg ik mij toe op het kweken van de *Galanthus*, in gewoon Nederlands: het sneeuwklokje. In de loop der tijd heb ik een uitgebreide *Galanthus*-collectie bijeengebracht. De *Galanthus* symboliseert voor mij reinheid, het nieuwe leven, het onbeschreven blad. En vooral: vergeving.'

Het tv-programma was het gesprek van de dag, de voormalige premier werd op handen gedragen. Zijn politieke tegenstanders vonden echter dat hij wel erg weinig over zijn persoonlijk leven had losgelaten, de ondervrager had zich veel te slaafs opgesteld en het geheel was langdradig geweest. Waarom was hij niet wat steviger ondervraagd over zijn privéschandalen, over het feit dat hij over lijken was gegaan, over 'de nacht' die naar hem was genoemd?

Het is nooit goed.

Ze dragen kleding in gedekte tinten: grofgebreide truien, canvas jekkers, wollen mutsen – er is een voorliefde voor corduroy. Alles wat Engels is heeft hun belangstelling. Wat hebben zij verder gemeen? Hun licht voorovergebogen houding misschien – het gevolg van gedurig naar de grond kijken. Januari en februari zijn voor hen de opwindendste maanden van het jaar, in parken, tuinen en op kerkhoven ziet men soms groepjes bijeengehurkt op het gras. Zij zijn galanthofielen.

De galanthofilie – sommigen spreken zelfs van galanthomanie – begon in het midden van de negentiende eeuw met het kweken van de *Galanthus plicatus*, het zogenaamde Krimsneeuwklokje. In 1855 sloeg het Britse leger beleg voor Sebastopol. Na bijna een jaar in de modderige loopgraven was de helft van de soldaten gestorven door cholera en kou. Het moreel van de troepen was allerbelabberdst. Toen het eindelijk voorjaar werd en de dooi intrad vonden sommigen troost in het sneeuwklokje, dat uit de geteisterde bodem te voorschijn kwam. Het deed hen denken aan het lieflijke bolgewas (de *Galanthus nivalis*) dat de krijtrotsen van Dover bekroonde en het sterkte hen in hun overtuiging dat het niet lang kon duren voordat ze weer thuis zouden zijn. Een zekere Captain Adlington groef een pol uit en stuurde die naar zijn vrouw in Norfolk, waar de bollen wonderwel aansloegen. Via een vriendin van mevrouw Adlington kwam er vervolgens een aantal terecht in een tuin in Warham, waar ze werden opgemerkt door de plaatselijke predikant die er wat van opstuurde naar E.A. Bowles, destijds een autoriteit op sneeuwklokjesgebied. Via deze kenner verspreidde de nieuwe variant zich over het Verenigd Koninkrijk en raakte bekend onder de benaming *Galanthus plicatus Warham*. Ook andere soldaten die op de Krim hadden gevochten brachten sneeuwklokjes mee, maar niet een kon de schoonheid van de *Warham* evenaren.

Het verzamelen van sneeuwklokjes werd een rage die zijn hoogtepunt vond in de sneeuwklokjesconferentie van 1891 van de Royal Horticultural Society.

De galanthofilie was met recht een liefhebberij: niemand verdiende er geld aan, bollen werden weggegeven of geruild. Het sneeuwklokje was een symbool voor onschuld en hoop.

Het duurde bijna een eeuw voordat er een nieuwe wind ging waaien in de sneeuwklokjeswereld. In 1950 werd de Giant Snowdrop Company opgericht, de eerste commerciële kwekerij, en na de publicatie van *Snowdrops and Snowflakes* van Frederick Stern, hét standaardwerk over de *Galanthus*, ontstond er ook op het Europese vasteland belangstelling. Wat Nederland betreft heeft Gwen Anderson, dochter van een in Den Haag wonende Engelse diplomaat, hier een sleutelrol in gespeeld. Van haar toekomstig huwelijk met een ambitieuze politicus die later onze minister-president zou worden had niemand toen nog het flauwste vermoeden.

Privéschandalen? Wie kan het een minister-president kwalijk nemen dat hij zijn persoonlijk leven zo veel mogelijk voor zichzelf probeert te houden? En niet gediend is van opdringerigheid? Er was een voorval waarbij na een receptie op een ambassade een verkeerspaaltje omver werd gereden. De bewindsman zat niet eens zelf achter het stuur, hij werd gereden door een vriendin van Gwen, die het jaar daarvoor na een slopende ziekte was overleden. Was het hem aan te rekenen dat het hem te veel werd en hij een rake klap uitdeelde aan een fotograaf van een ochtendblad? Zijn omgang met de pers is altijd een van zijn zwakke punten gebleven. Al die insinuaties, die eeuwige vliegenvangerij, wie zou er niet ziek van worden?

Na het geruchtmakende interview met Jan Jaap Klaver echter was er bijna niemand meer die nog twijfelde aan zijn integriteit en zijn oprechte bedoelingen. Soms had hij slinkse wegen moeten bewandelen, maar hij was de eerste om dat toe te geven en te erkennen dat hij bij gelegenheid meedogenloos was geweest, zoals in die befaamde – of beruchte – 'nacht'. Maar 'over lijken'? Nee, dat nooit.

De opnames vonden plaats bij de politicus thuis, in de bungalow aan de Van Peltlaan. Het gesprek werd besloten met een korte wandeling door de tuin, waar toen juist de rododendrons in bloei stonden, van de sneeuwklokjes was alleen het blad te zien.

'Kijk, hier ziet u de *Magnet*. En hier de *John Gray*, gekweekt door een oudoom van mijn vrouw.'

De camera was echter gericht op de rododendrons, er kwam een close-up van door bijen bevlogen bloemen in beeld.

'Hier staat de *plicatus Warham*, nog altijd onovertroffen. U had een paar maanden geleden moeten komen.'

Onder galanthofielen sprak men er schande van.

Na zijn afscheid werd het stil rond hem. Hij was er de man niet naar om nog adviseurschappen of commissariaten aan te houden, de senaat was in zijn ogen 'een club voor bejaarde heren'. Hij was vaak op reis, alleen of in gezelschap van Susan Arnott, Gwens jeugdvriendin. Al jaren deelde hij zijn leven met Susan, daar maakte hij geen geheim van, alleen was dat zíjn zaak en niet die van het gehele Nederlandse volk – vandaar die klap destijds.

Soms verschenen ze samen op Haagse recepties, meestal lieten ze verstek gaan.

Januari en februari waren drukke maanden, er waren lezingen, rondleidingen, ze staken regelmatig over voor het bijwonen van een Snowdrop Lunch. Susan bleef dan wat langer in Engeland om te kijken of er nog iets van hun gading was, hij kwam in zijn eentje terug om de eigen collectie te verzorgen en medegalanthofielen te ontvangen. Op mooie dagen zag men groepjes kenners in de tuin, gehurkt of op de knieën, vaak met een camera in de aanslag en een notitieboekje bij de hand. Het hoogtepunt van de rondleidingen was ontegenzeglijk de *Warham*. De soort was aangeplant ter linkerzijde van het huis: een zee van bloemen strekte zich hier uit. Hij knielde neer. Hij sprak er met liefde over.

's Avonds zat hij in zijn studeerkamer, onderhield zijn correspondentie en werkte aan zijn memoires. Ook stond er een boek over de *Galanthus* op stapel – het sneeuwklokje werd hier te lande niet naar waarde geschat: het vroegst bloeiende gewas, in al zijn nederigheid een toonbeeld van hoop en optimisme. Wie wist er nu dat er meer dan vijfenzeventig soorten bestonden – en dat in een land van bollenkwekers?

Om halfelf, als het late journaal was afgelopen, werd er zacht aan zijn deur geklopt en kwam de huishoudster zijn whisky brengen. In de stilte van de werkkamer klonk alleen het getinkel van de ijsblokjes die fonkelend oplichtten als het glas in de lichtkring van de bureaulamp werd geschoven.

'Welterusten, meneer.'

'Dank je, Noris. Goedenacht.'

Mevrouw Nunez – Noris – was al sinds onheuglijke tijden bij de familie, ze was al bij Gwens ouders in dienst geweest. Ze had haar eigen appartement aan de achterkant van het huis en mocht daar blijven zolang het haar beliefde. Ze was afkomstig uit Guatamala en hoewel zij al tientallen jaren in Nederland verbleef, sprak zij nog steeds met een accent: 'welteroesten, minier.'

Tot na twaalven bleef hij werken. Soms ging hij nog even de nachtelijke tuin in.

En toen, op die ochtend in februari, zeven jaar na zijn afscheid, was er iets ongebruikelijks. Mevrouw Nunez kwam hem zijn ontbijt brengen en toen er op haar kloppen aan de slaapkamerdeur geen antwoord kwam, ging zij naar binnen en zag dat het bed onbeslapen was. Ze keek in de studeerkamer. Met angst en vreze keek ze in alle vertrekken van het huis: mogelijk was hij onwel geworden en zou ze hem vinden waar hij in elkaar was gezakt. Maar ze vond hem niet. Het feit dat de donkerblauwe Volvo niet in de garage stond stelde haar enigszins gerust. Kennelijk was hij plotseling op het idee gekomen dat hij ergens naartoe moest en was hij daar blijven slapen. Maar vreemd was het wel, het lag niet in de lijn van meneers karakter om zoiets te ondernemen: verblijf buitenshuis werd altijd ruim van tevoren aangekondigd.

Ze rekende erop dat hij straks zou bellen, ze verwachtte elk ogenblik de auto op de oprijlaan te zien. Maar toen de telefoon ging bleek het een kledingzaak in de stad te zijn, waar hij zich een kostuum had laten aanpassen, en de blauwe auto die ze een paar keer langs zag komen was een surveillancewagen die, gezien meneers positie, hier wat vaker kwam dan bij een doorsneewoning. In de loop van de dag nam haar ongerustheid toe. Na het avondeten – hoe was het mogelijk dat hij niet belde in verband met het eten? – zat ze aan de keukentafel met een paar telefoonnummers voor zich. Het alarmnummer van de politie en het nummer van het Engelse hotel, waar hij vorige week met Susan had gelogeerd en waar Susan nog verbleef. Zou het niet vreemd zijn de politie te bellen nadat die hier vandaag al een aantal keren voorbij was gereden? En meneer zou al die ophef zeker niet op prijs stellen als hij straks nietsvermoedend thuiskwam. En als ze Susan belde? Die zou spoorslags haar spullen pakken en naar huis komen, terwijl dat misschien helemaal niet nodig was. Na het late journaal, waarvan niets tot haar doordrong, zag ze echter geen andere oplossing dan de telefoon te pakken en het lange internationale nummer te draaien.

Mrs. Arnott? Die was al een paar dagen geleden vertrokken. Waarheen? Naar huis, voor zover wij weten. Nee, graag gedaan mevrouw, jammer dat wij niet meer voor u kunnen doen.

Nu zat er niets anders meer op dan de politie in te schakelen. Mevrouw Nunez had het gevoel dat er iets verschrikkelijks was gebeurd.

Op zijn verdwijning werd van officiële zijde voorzichtig gereageerd. Er werd een internationale oproep gedaan uit te zien naar de auto en een tweeënzeventigjarige heer van wie alleen de initialen werden vrijgegeven. Alleen de familie was op de hoogte. Mevrouw Nunez logeerde zolang in de Betuwe, op uitnodiging van een zus van haar werkgever. Zij was uitgebreid ondervraagd over diens wel en wee en het patroon van zijn dagelijks leven. Naar aanleiding hiervan werd het huis nauwkeurig onderzocht. Ramen en deuren werden verzegeld, de gordijnen bleven dicht. Er kwam permanente bewaking.

Toen na enkele weken de vermissing was uitgelekt, werd het perceel met rood-witte linten afgezet. Het onderzoek kwam in een stroomversnelling. Dozen met archiefmateriaal werden naar buiten gebracht, specialisten in nylon stofjassen liepen in en uit met koffers waarin zich onderzoeksinstrumentarium bevond of misschien ook voorwerpen uit het huis die in een laboratorium aan nader onderzoek moesten worden onderworpen. Auto's van cameramensen en journalisten blokkeerden de straat. Als het onderzoeksteam arriveerde schoten ze naar voren en bestookten de ambtenaren met flitslicht en gerichte vragen. Maar ze werden niets wijzer. 'Geen commentaar.' 'Het onderzoek is in volle gang.' 'In het belang van het onderzoek mogen wij u niets mededelen.'

Ook de tuin werd nauwgezet geïnspecteerd. Eerst werd er een hoog gegalvaniseerd hekwerk geplaatst dat bespannen werd met donkerblauw zeil om nieuwsgierige blikken buiten te houden. De persmensen probeerden een glimp op te vangen van wat er gaande was, ze staken hun camera's met gestrekte armen boven de schutting uit en fotografeerden in het wilde weg. Toen iemand probeerde opnames te maken vanaf een keukentrapje, kwamen er agenten met petten aan te pas.

Op de terloops gemaakte opnames was te zien dat alles overhoop werd gehaald. De grasmat was in repen gesneden en opgerold, er lagen hopen aarde waarin het wit van omgewoeld bolgewas viel te onderscheiden. Mocht de oud-politicus hier onverwachts zijn opgedoemd, hij zou in radeloze woede zijn ontstoken; mocht hij onverhoopt niet meer onder de levenden hebben verkeerd, hij zou zich hebben gewenteld in zijn graf.

Er werden wilde gissingen gedaan naar 'het geheim van de Van Peltlaan': er zouden kostbaarheden in de grond zijn verborgen, een wapen waarmee een moord was gepleegd, er zouden een of meer lijken zijn begraven. Er was sprake van verdwenen kunstwerken. Al deze veronderstellingen werden de onderzoekers voorgehouden, waarbij de pers niet zelden deed alsof het om bewezen feiten ging. De mannen in stofjassen zwegen, of glimlachten vermoeid. 'Geen commentaar.' 'In het belang van het onderzoek...'

Een fotograaf van een plaatselijke krant wist echter een opmerkelijke opname te maken: een onderzoeker met een doekje voor neus en mond die zich boog over een plastic container met botten. De authenticiteit van deze opname werd van officiële zijde fel ontkend: het zou om een trucopname gaan. Maar de journalisten wisten beter. Precies zulke containers werden regelmatig met bestelwagens afgevoerd naar het gerechtelijk laboratorium. Ook wisten zij zeker dat het om 'menselijke resten' ging, waarom anders dat doekje?

De ontdekking van de vermeende botten – of: de vermeende ontdekking van de botten – leidde ertoe dat een deel van het journalistieke gezelschap zich verplaatste naar het gerechtelijk laboratorium. Voor dit sombere gebouw op het voormalige ziekenhuisterrein stonden een paar campers geparkeerd waarin men de tijd doodde met koffiedrinken. Een afvalbak aan een lantaarnpaal werd volgestouwd met koffiebekertjes, chemische toiletten werden naast de stoeprand geleegd, overal lagen peuken.

Zodra de patholoog-anatoom het gebouw verliet werd hij bedolven onder vragen die hij geen van alle wenste te beantwoorden, zelfs wilde hij niet bevestigen dat er beenderen onderzocht werden, afkomstig uit de tuin van de verdwenen politicus.

'Ook ten aanzien van de stoffelijke resten kan ik u niets vertellen.'

Toen deze autoriteit was weggereden krabde men zich op het hoofd. Wat had hij precies gezegd: *de* stoffelijke resten? Dan bevestigde hij toch het bestaan ervan? Ook het feit dat het licht bleef branden in het laboratorium – de hele avond, de hele nacht – was veelzeggend. Er werd getelefoneerd met krantenredacties en de lokatie aan de Van Peltlaan, een motorkoerier scheurde weg met beeldmateriaal.

De volgende morgen liep de patholoog-anatoom haastig het gebouw in. Hij weerde de journalisten af met de toezegging dat hij straks met een verklaring zou komen en dat er later die morgen een persconferentie zou plaatsvinden.

De verklaring luidde dat er stoffelijke resten waren onderzocht, te weten de skeletdelen van een vrouw van middelbare leeftijd die tussen tien en vijftien jaar daarvoor moest zijn overleden. De identiteit van de vrouw stond nog niet vast.

Op de persconferentie werd deze mededeling herhaald: na de verdwijning van de heer des huizes waren huis en tuin, mede op aanwijzing van de huishoudster, zeer grondig onderzocht. Daarbij waren de stoffelijke resten van een vrouw aan het licht gekomen. Maar er was niets gevonden dat duidelijkheid kon verschaffen in de verdwijningszaak. Een misdrijf, een ontvoering, niets viel uit te sluiten, maar er waren ook geen aanwijzingen voor.

Was er contact met het buitenland – met Engeland – over deze zaak?

Ja, dat was er inderdaad, op internationaal niveau werd intensief samengewerkt en in dat kader was aan het licht gekomen dat ook de Engelse 'gezelschapsdame' werd vermist. Het recherchewerk hier ter plaatse was echter afgerond.

De schermen rond de tuin waren die ochtend al verwijderd, er struinden fotografen rond die schaamteloos foto's maakten van de aarde. De blootliggende bolletjes hingen aan verwelkt loof, van een onschuldige sneeuwklokjespracht was geen sprake meer.

Natuurlijk wist men zich te herinneren dat ruim veertien jaar geleden Gwen Anderson, de toen achtenvijftigjarige echtgenote van de politicus, aan kanker bezweken was. Men ging op jacht naar de huishoudster – vergeefs. Zij verbleef nog altijd in het Betuwse Buurmalsen, maar er werd gesuggereerd dat zij naar Zuid-Amerika zou zijn afgereisd.

Al gauw kwam van hogerhand een bevestiging van wat niet meer te ontkennen viel: in de tuin aan de Van Peltlaan was het stoffelijk overschot aangetroffen van de echtgenote van de politicus. Zij was daar begraven op de dag van de officiële uitvaart op Zorgvlied, nog voordat het graf gedicht was waren er kisten verwisseld. Bij de bestudering van dagboekaantekeningen van de ex-premier was dit feit aan het licht gekomen en bij onderzoek op de begraafplaats bleek de kist inderdaad leeg te zijn.

Was er enig verband met de verdwijningszaak?

Achter de tafel in het perscentrum werden ongemakkelijke blikken gewisseld. De verklaring luidde dat bij het onderzoek naar de vermissing informatie naar voren was gekomen over de illegale begrafenis, enig ander verband bestond er niet. In het opsporingsonderzoek zat vooralsnog weinig vooruitgang. Er werden percentages genoemd, aantallen mensen die jaarlijks vermist werden en hoeveel er daadwerkelijk werden teruggevonden.

Het is niet moeilijk om, als men dat werkelijk wil, spoorloos van de aardbodem te verdwijnen.

In het najaar werd de Volvo teruggevonden. De perfect onderhouden wagen had nogal te lijden gehad: hij was bekrast en gedeukt en was voorzien van Turkse nummerplaten. De NL-sticker op de achterruit was men echter vergeten te verwijderen. Veel oude auto's met een reputatie van degelijkheid worden verkocht naar het Midden-Oosten en de landen rond de Zwarte Zee. De transporten lopen via het vroegere Joegoslavië en Bulgarije naar Istanbul, het is een reguliere handel. De auto van de ex-premier was echter per schip vanaf Sebastopol het land in gekomen. Een ijverige ambtenaar had de ge-

gevens ingevoerd en nu, pas geruime tijd later, werd duidelijk om welke auto het ging.

Er vertrokken een paar rechercheurs vanuit Den Haag naar de Oekraïne, maar veel uitrichten kon men daar niet. De autoriteiten waren onwillig en arrogant, de autohandelaar die ondervraagd werd gedroeg zich als een roverhoofdman. De wagen zou ergens aan de kust bij Balaklava onbeheerd zijn aangetroffen, zonder papieren of nummerplaten. Veel meer kon men niet te weten komen.

Onderzoek aan de auto zelf leverde evenmin iets op: textielvezels afkomstig van de kleding van de eigenaar en diens gezellin, hetgeen te verwachten was. Een vergelijking van de huidige kilometerstand met die ten tijde van de laatste onderhoudsbeurt leidde tot de conclusie dat hij rijdend naar de Krim moest zijn gekomen.

Een jaar nadat de politicus verdwenen was, werd het onderzoek gestaakt en het dossier gesloten. Men kon er gevoeglijk van uitgaan dat hij en zijn gade niet meer in leven waren. Er werd gewezen op de gevaren van het reizen in de voormalige Sovjet-Unie, de meedogenloosheid van de criminelen die er opereerden. Een bejaard stel in een auto was een gemakkelijke prooi. Niemand die nog een teken van leven van hen had ontvangen. Op de tv-stations van de landen waar ze mogelijk doorheen waren gereisd waren oproepen gedaan, maar zonder enig resultaat.

De nalatenschap werd geregeld: het testament werd geopend, de bezittingen verdeeld.

Het huis aan de Van Peltlaan werd aan mevrouw Nunez toegewezen. Zoals bekend liet zij zich nadien in het society-circuit niet onbetuigd.

Er werd een stichting Galanthus opgericht, ter erkenning van het sneeuwklokje als volwaardig bolgewas. Na de uitgave van het werk van onze ex-premier – dat al zo goed als voltooid was – was er niemand meer die de *Ga-*

lanthus nog beschouwde als een toevallig opschietend wild plantje, dat is zeker.

En er was een brief, 'na mijn overlijden te openen'.

Naar verluidt vroeg hij hierin naast zijn overleden echtgenote te worden begraven, onder het sneeuwklokjesbed in de tuin. Hij vroeg vergeving voor de illegale begrafenis van destijds en hoopte dat men desondanks zijn wens zou respecteren. Ook vroeg hij vergiffenis aan de weduwe van de opponent die hij tijdens 'de nacht' in het stof deed bijten en die daarna ontgoocheld en gebroken aan zijn einde kwam.

Het eerste verzoek werd niet gehonoreerd. Bij de herbegrafenis van Gwen Anderson – de terugplaatsing in het wettig graf waarin nu ook haar echtgenoot symbolisch werd bijgezet – was, naast vele hoogwaardigheidsbekleders, ook de voornoemde weduwe aanwezig. De krasse dame van bijna negentig werd na afloop voor de camera gehaald.

'Vergiffenis? Ik heb hem jaren geleden al vergeven, bij zijn afscheid – kort na dat interview. Ik heb hem gebeld en gezegd dat het goed was. De politiek is een rotvak, wie daarin overeind blijft zonder zijn integriteit te verliezen verdient het om vergeven te worden. Mijn man was ook geen lieverdje, heeft ook vuile handen moeten maken. Zo gaat dat.'

In de brief stonden ook bijzonderheden over het privéleven van de premier die op verzoek van de familie niet worden onthuld.

Dit alles is nu jaren geleden. Niet zelden komt de dood als een dief in de nacht, de betrokkenen zijn geschokt en uit hun evenwicht, maar na het afscheid went men aan de pijn en het leven herneemt zijn loop – 'rouwverwerking' is een gangbaar begrip geworden. Maar wat gebeurt er als er geen echt afscheid, geen begrafenis of crematie heeft plaatsgevonden? Leert men leven met onzekerheid?

En nu verschijnt er die foto in de krant, overgenomen uit een Engels blad voor tuinliefhebbers: een bejaard echtpaar in truien en bodywarmers, tezamen met anderen hurkend in een veld. De foto illustreerde het verslag van een onlangs gehouden excursie naar de Krim, waar de *Galanthus plicatus* nog in zijn oorspronkelijke vorm te bewonderen valt. Zijn ze het? Ze zijn nauwelijks ouder geworden, lijkt het, hun voorkomen is actief en enthousiast, ze zijn het middelpunt van het gezelschap. In hun geestdrift merken zij niet op dat een van de deelnemers niet de sneeuwklokjes maar hen fotografeert.

Over de auteurs

Carla Bogaards is dichter, romancier, freelance journalist en docent schrijven. Ze publiceerde een verhalenbundel, vijf poëziebundels en drie romans, waaronder het juichend ontvangen en succesvolle *Meisjesgenade* en *Eigen vlees en bloed*. Haar meest recente dichtbundel, *Kleine hittegolf in mei* (2003), oogstte veel lof. In augustus 2005 verschijnt *Roes*, haar nieuwe, grote roman. Momenteel schrijft ze een semi-biografie over de schilder Jan Sierhuis.

Karel Glastra van Loon (Amsterdam 1962) is freelance journalist en televisiemaker. Hij publiceerde diverse nonfictieboeken en maakte in 1997 zijn literaire debuut met *Vannacht is de wereld gek geworden*, een bundel gefictionaliseerde reisverhalen. In 1999 volgde de roman *De passievrucht*, waarmee hij de Generale Bank Literatuurprijs won. Het boek is inmiddels verfilmd (2003) en in 34 talen vertaald. In 2001 verscheen zijn roman *Lisa's adem*, en in 2003 *De onzichtbaren*.

Geert van der Kolk (Velsen, 1954) is journalist, schrijver en zeezeiler. Hij studeerde geschiedenis en werkte als freelance journalist op diverse plaatsen in de wereld. Sinds 1981 woont hij in de Verenigde Staten. Geert van der Kolk publiceerde tot op heden de romans *Twee geheimen* (1986), *Käte Jahn* (1991) en *De lachende hond*

(1995), en de verhalenbundels *De nieuwe stad* (1987), *Klein Amerika* (1988), *De bokser en andere verhalen* (1989) en *De dansers: drie novellen* (1990). Naast schrijver is hij verwoed zeezeiler. In 2002 verscheen zijn roman *De smokkelaar van de Exuma's*, waarin zeilen een belangrijke rol speelt. In hetzelfde jaar zeilde hij naar Groenland. *Noordtij*, de roman waarin die reis is verwerkt, verschijnt september 2005. Zie ook: *www.geertvanderkolk.com*.

Willem G. van Maanen werd in 1920 geboren in Kampen. Gedurende zijn werkzame leven was hij actief als journalist en radioprogrammamaker. Hij werkte onder meer voor *Artistieke staalkaart* (VARA), *Het zout in de pap* (VARA) en *Zegge en schrijve* (VPRO). In 2004 ontving hij de Constantijn Huygensprijs voor zijn gehele oeuvre. Volgens de jury mag Van Maanen gerust onze meest gewaardeerde maar minst bekende grote meester worden genoemd. Recent verschenen twee gebonden uitgaven: in 2003 *Alle verhalen* en in 2005 *Met de hand op het hart; vijf romans uit een bekroond oeuvre*.

Hans Münstermann (Arnhem 1947) groeide op in Amsterdam, waar hij Nederlandse Taal- en Letterkunde studeerde. Aansluitend deed hij doctoraal Theaterwetenschap. Na zijn studie begon een zwervend leven dat hem tussen 1970 en 1980 in Griekenland, het Midden-Oosten en Indonesië bracht. Sinds 1981 is hij medewerker aan de Toneelacademie in Maastricht. Hij is getrouwd en heeft een zoon. Hans Münstermann was de helft van het schrijversduo dat schuilging onder de naam Jan Tetteroo. Sinds enkele jaren schrijft hij ook romans onder zijn eigen naam, zoals *Het gelukkige jaar 1940* en *Certificaat van echtheid*. In augustus 2004 verscheen *De Hitlerkus*.

Rascha Peper (Driebergen, 1949) debuteerde in 1990 met de verhalenbundel *De waterdame.* In 1992 volgde de bundel *Oefeningen in manhaftigheid.* Tweemaal werd zij voor de AKO-Literatuurprijs genomineerd, in 1992 met de roman *Oesters* en in 1994 met de roman *Rico's vleugels. Russisch blauw* (1995) werd genomineerd voor de Libris Literatuur Prijs, won de Multatuliprijs 1996 en verscheen ook in Duitsland. In 1998 volgde de roman *Een Spaans hondje.* De novelle *Dooi* (1999), over een man die met zijn woonboot is vastgevroren in het IJsselmeer, werd eveneens in het Duits vertaald. In mei 2003 publiceerde Peper de grote roman *Wie scheep gaat.* In september 2005 verschijnt de novelle *Verfhuid.*

Ton Rozeman (1968) debuteerde met de verhalenbundel *Intiemer dan seks*, die genomineerd werd voor de DebutantenPrijs en werd bekroond met het Charlotte Köhlerstipendium. Hij publiceert in diverse tijdschriften. In april 2004 verscheen van zijn hand de verhalenbundel *Misschien maar beter ook*, over de ongemakken van de liefde. Deze bundel stond op de longlist van zowel de AKO- als de Libris Literatuur Prijs.

Martin Schouten (Apeldoorn, 1938) is freelance verslaggever voor onder meer *HP/De Tijd.* Hij publiceerde romans, essays en reisverhalen. Zijn meest recente boeken zijn *Zelfportret met moeder* (2003), *Bevrijd* (2004) en *Een jaar in het duister*, het toneeldagboek dat hij bijhield als eenmansjury van het Theaterfestival 2004.

Thomas Verbogt (Nijmegen, 1952) publiceerde de afgelopen jaren *Onvolledig landschap* (1989), *Het laatste uur van de middag*, *De man bij een meer* (1992), *Verkeerde sneeuw* (1994), *Geen danstype* (1995), *Gebroken glimlach* (1996), *De zomerval* (1998), *De verdwijning* (1999)

Onze dagen (2001) en *Het ongeluk* (2003). In dezelfde periode schreef hij de toneelstukken *Grote drama's* (1995), *Bijvoorbeeld, bijvoorbeeld*, *Het zingen van het ijs*, *Een zee van tijd* en *De feestwinkel*. In 2000 verscheen zijn bundeling popverhalen, onder de titel *My Generation*. Recent verscheen de verhalenbundel *Zo gaan die dingen*. Thomas Verbogt is columnist bij *De Gelderlander* en de VPRO-radio.

Gijs IJlander (Alkmaar, 1947) debuteerde in 1988 met de roman *De kapper*, die werd bekroond met de Geertjan Lubberhuizenprijs en de Anton Wachterprijs. Sindsdien publiceerde hij de verhalenbundel *Vis voor iedereen* en de romans *Een fabelachtig uitzicht*, *Zwartwild*, *De lichtval*, *Twee harten op een schotel* (waarvoor hij de Borderwijkprijs kreeg) en *De aanstoot*. In 2002 verscheen *De nieuwe brug*, een roman over schuld en boete in het leven van een gepensioneerde wegenbouwer. In het voorjaar van 2005 verscheen de roman *ALVB*, over de dramatische ontreddering van een gezin.

Verantwoording

'Vrouwenogen' van Carla Bogaards verscheen in *Joie de vivre.*

'Ilse' van Karel Glastra van Loon verscheen niet eerder.

'Goodbye, Sheryl' van Geert van der Kolk verscheen eerder in *Hollands Maandblad.*

'Een idylle' van Willem G. van Maanen verscheen eerder als titelloos verhaal, ingebed in de roman *De hagel is gesmolten.* 'Vogeltranen' is opgenomen in *Alle verhalen* (2003).

'Excelsior' van Hans Münstermann verscheen eerder, in een andere versie, als onderdeel van de roman *Certificaat van echtheid.*

De columns 'Weer naar school', 'Zwemmen', 'Stadsboerin' en 'Bekentenis' van Rascha Peper verschenen eerder in *NRC Handelsblad.*

'Brazilië' van Ton Rozeman komt uit *Misschien maar beter ook.*

'In de stilte van Brussel' en 'De koningin van Mali' van Martin Schouten verschenen eerder in *Bijlmer Blues*, een bundel reisverhalen van zijn hand.

'Annemarie!' en 'Het begin van de herfst' van Thomas Verbogt stonden eerder respectievelijk in *Bunker Hill* (onder de titel 'Man met diploma's') en *Arts & Auto.*

'Zogenaamd Siberië' van Gijs IJlander verscheen eerder in het zomernummer 2004 van *De Gids.* 'Vergeving?' stond in het laatst verschenen nummer van *Maatstaf.*